〖中华诗词存稿·名家专辑〗
中华诗词学会 编

李清安诗词文选

李清安 著

图书在版编目（CIP）数据

李清安诗词文选 / 李清安著 . -- 北京：中国书籍出版社 , 2019.11

（中华诗词存稿）

ISBN 978-7-5068-7529-5

Ⅰ . ①李… Ⅱ . ①李… Ⅲ . ①诗词—作品集—中国—当代②诗歌评论—中国—当代 Ⅳ . ① I227 ② I207.2

中国版本图书馆 CIP 数据核字 (2019) 第 250030 号

李清安诗词文选

李清安 著

责任编辑	李国永
责任印制	孙马飞　马　芝
封面设计	采薇阁
出版发行	中国书籍出版社
地　　址	北京市丰台区三路居路 97 号（邮编：100073）
电　　话	(010) 52257143（总编室）(010) 52257140（发行部）
电子邮箱	eo@chinabp.com.cn
经　　销	全国新华书店
印　　刷	北京虎彩文化传播有限公司
开　　本	710 毫米 × 1000 毫米 1/16
字　　数	200 千字
印　　张	16
版　　次	2019 年 11 月第 1 版　2019 年 11 月第 1 次印刷
书　　号	ISBN 978-7-5068-7529-5
定　　价	198.00 元

版权所有 翻印必究

《中华诗词存稿》编委会名单

顾　　问：郑欣淼　郑伯农　刘　征　沈　鹏
　　　　　　叶嘉莹

编　　委：（按姓氏笔画排序）
　　　　　　丁国成　王　强　王改正　王德虎
　　　　　　刘庆霖　吕梁松　李一信　李文朝
　　　　　　李树喜　陈文玲　张桂兴　范诗银
　　　　　　欧阳鹤　杨金亭　林　峰　罗　辉
　　　　　　周兴俊　周笃文　宣奉华　赵永生
　　　　　　赵京战　钱志熙　晨　崧　梁　东
　　　　　　雍文华

主　　任：范诗银

副 主 任：林　峰　刘庆霖

执行主编：吕梁松　王　强　李伟成

秘　　书：李葆国

作者简介

李清安，男，生于 1970 年 3 月，汉族，湖北省建始县人，中共党员，湖北正典律师事务所主任。中华诗词学会理事，湖北省中华诗词学会副会长，恩施州诗词楹联学会会长，《诗词家》杂志社社长，《清江诗词》主编。诗词联作品散见于《中华诗词》《中华辞赋》《诗词家》《东坡赤壁诗词》《武陵诗风》《湖北诗词》等；出版有法律随笔集《法当如竹》、案例研究《保险合同案件处理实务》、诗词集《清庵诗草》。主编有《清江诗词》；参与主编《中华诗词十二家》丛书、《中华好诗词2014卷》等。

总　序

　　我们这个诗歌大国有一个很好的传统，历来注重"采诗"、搜集整理诗歌材料。作为唯一的全国性诗词组织的中华诗词学会，自 1987 年 5 月成立以来，就十分重视这项工作。学会每年的学术研讨会和历届"华夏诗词奖"，都出版论文集和获奖作品集。纪念学会成立二十年、三十年时，还专门编辑出版了《大事记》《论文选集》《诗词选集》。《中华诗词》创刊以来，每年都制作年度合订本。2007 年 5 月，在北京天识东方文化艺术传播有限公司的资助下，以近代以来诗词创作、诗词理论、诗词运动重要文献汇编，当代名家个人作品专集等为主要内容，出版了《中华诗词文库》。经过十来年的编辑整理，已经出了近百卷。这些诗集、文集的出版，记录了近百年来尤其是改革开放四十多年来，中华诗词从起步、复苏走向复兴的砥砺前行的历程，为近、当代诗歌史的撰写准备了丰富的资料。

　　党的十八大以来，中华民族优秀传统文化重新受到应有的重视。习近平总书记《念奴娇·追思焦裕禄》词和《军民情》七律的相继发表，引领中华大地诗潮滚滚而来。《中共中央关于繁荣发展社会主义文艺的意见》和中办、国办《关于实施中华优秀传统文化传承发展工程的意见》，都明确提出"加强对中华诗词、音乐舞蹈、书法绘画、曲艺杂技和历史文化纪录片、动画片、出版物等的扶持。"国家教育部组织制定由中华诗词学会起草的新中国语言体系中的新韵书《中华通韵》已经通过国家语言文字工作委员会语言文字规范标准审定委员会审定，即将颁布全国试行。这些都使我们真切地感受到，中华诗词的春天真的到来了。诗人们乘着骀荡春风，正以高昂的激情，书写着中华民族伟大复兴的新时代、新史诗，国家富强、民族振兴、人民幸福的中国梦；正以与人民同呼吸、共命运的诗人之心，对人民的欢乐、人民的忧患、人民的情怀给以诗意的表达；正以"美"或"刺"的诗人之笔，对市场经济大潮中人民对幸福生活的期待，对美好未来的希望，对假丑恶的深恶痛绝，或给以方向，或给以赞美，或给以鞭挞。正如习近平总书记所指出的："好的文艺作品就应该像蓝天上的阳光、春季里的清风一样，能够启迪思想、温润心灵、陶冶人生，能够扫除颓废萎靡之风。"

当前，传统诗词创作者和诗词爱好者队伍发展迅速，已超过三百万。每天创作的诗词作品超过唐诗、宋词、元曲的总和。诗词评论研究队伍也成长很快，诗词评论、诗词学、诗词创作理论研究成果丰硕。如何从浩如烟海的诗词作品中"淘"出优秀作品，并使之存下来、传下去，如何使诗词研究理论成果"面世"并发挥应有的指导作用，确实是摆在我们面前的无可回避的一个重要课题。中华诗词学会是一个没有国家编制，没有国家拨款的社会团体，事业的运转主要靠社会赞助和会员费支撑。俊识（北京）文化传媒有限公司总经理吕梁松、北京采薇阁总经理王强，两位一直是对中华传统文化情有独钟的热心人，慷慨解囊，愿意同中华诗词学会一起，搜集整理编辑推出《中华诗词存稿》这套书，共同为中华诗词文化的继承和发展，做成这件十分有意义的事情。

《中华诗词存稿》主要搜集整理出版三部分内容的资料：一是当代诗词名家的个人作品集；二是当代诗词评论家、诗词学者的学术著作集；三是当代诗词作品、诗词理论学术成果阶段性、专题性、地域性的集成类作品集。诗词作品强调精品意识，沙里淘金，把"有筋骨、有道德、有温度"的优秀诗词作品搜集起来。诗词评论、研究类资料强调理论性和创新性，应具有鲜明的个性特点，具有创建性的见解。集成类的资料应有一定的史料保存价值。总之，做成一套具有当代价值和历史意义的好书。在此，我们编委会人员，向提供资料、筛选编辑、版面设计、校对勘误，包括所有为这套资料付出辛勤劳动的同志们，表示真诚的谢意！

郑欣淼

二〇一九年七月于北京

胸中浩气 笔底清音

——读清安词札记

周笃文

清安李君，是我的忘年诗友。2010年5月，中华诗词学会一行多人应杨斌儒会长之邀，赴恩施采风，登山临水，唱余和汝，极文友切磋之乐。而与清安时相把晤，印象尤深。其形清癯然，其思窈然，其谈诗论文津津然。每有欣然色喜之快。当时曾对杨公许为诗坛新俊。此后交往日密，目睹其事业、诗词猛进不已，差信老眼之未眊也。

清安近以词作一卷相示，余览而善之。尤喜其致力于词也。因为与诗相比，词之语言偏散，更近自然，也更宜于表现当代生活。其艺术元素比诗更为讲究，难度也更高，正是吾辈驰骋才情之场所。这也是业师张伯驹、夏承焘、黄君坦诸老对我的嘱咐。诗词是表现性情的艺术，与作者气质关系密切。读清安词，如见心肺，可以强烈地感受其威棱风骨与泉石清音。

清安词作品的突出特点是充满着磐磐浩气与时代正能量，如《减字木兰花·自恩施赴成都办案途中有怀》："冬云密布，雪压危峰冰覆路。高铁如龙，吐纳关山几万重。　　闻鸡又起，多少征程风雨里。重任肩担，长使胸中日月悬。"隆冬腊月，冰雪戒途。可是作为一个律师，早把艰难险阻置之度外。心中只有人民的利益。遂肩挑重担，勇往直前。胸襟气概如此昂扬，令人振奋。又其《临江仙·乙未除夕感怀》："法治恩施春浩荡，东君笑指吟鞭。风清处处好居仙。硒都千水碧，禹甸万花妍。　雪嫁脂羊梅作聘，樽前急管繁弦。且倾凤酒醉人间。放飞中国梦，歌唱大椿年。"这是对政通人和的恩施现实的热情赞美哟。由于法治得到贯彻，民生安定，气正风清，广获社会赞誉。"硒都千水碧""歌唱大椿年"，就是对人寿年丰的太平岁月的赞歌。"雪嫁"是说要以羊脂美玉与冲寒怒放的梅花作聘礼，放飞中国之梦，以迎接新春佳节的到来。造语新奇，用典灵妙，值得点赞。另其《浣溪沙·壬辰除夕母亲病床前感吟》云："万木霜欺不与论，一枝破雪露芽痕。俨然生气满乾坤。　我愿天风能去病，亦求春雨可除尘。苍松玄鹤长精神。"这是一篇为娘亲祈福去病的至情文字。构思立意，妙到毫颠。上片化用寸草报春之典：一枝破雪而出的寸草芽痕，冲破霜欺雪压，带来乾坤的生气。下片祈愿天赐春风霖雨，使娘亲如苍松玄鹤，长长精神，永享大龄。气象宏阔，令人倍感振奋。其《卜算子·自渝夜航乌鲁木齐飞机上有作》云："秋夜太空飞，亿万星垂幕。欲宿犹忘哪颗星，暂借寒宫住。　浩宇漾清辉，妙境知何处。仿佛银河转九天，俯看鱼龙舞。"真是纳须弥于介子，缩万象于掌中，气象之大仿佛李清照"天接云涛连晓雾，星河欲转千帆舞"（《渔家傲》）的气象。光昌伟丽，令人击节。"欲宿"、"暂借"，调侃月娥，乃游戏三昧之笔，转身虚际，可谓颠倒造化，自然入妙了。

　　山水清音，是清安词中另一胜概之表现。鄂西灵奇山水、厚重人文，都假此词笔，一展神采，如其《采桑子》石门河揽胜八首，以联章形式写故乡山水，令人有魂牵梦萦之慨。

其一云：

"石门古道秋光好。微雨初凉，菊蕊新黄，一壑枫林斗艳妆。　千年寂寞无人问。鹤舞鸥翔，水隐山藏，托梦溪边结草堂。"

其二云：

"石门山水原生态。啼鸟回旋，飞瀑流泉，峡谷幽幽一线天。　清风明月无需买。风起溪边，月挂松间，一步云桥便是仙。"

其五云：

"石门长掩深闺处，饮露餐霞。绝世风华，留待佳人揭面纱。　倾城应自还倾国，风致清嘉。灵汉乘槎，君住瑶池第一家。"

其八云：

"平生心向佳山水。松竹为邻，鱼鸟为宾，把盏相看倍觉亲。　而今更爱佳山水。青霭消魂，碧浪消尘，天赐风光醉石门。"

自然妙句，到口即化，有无尽天成之美。如"一壑枫林斗艳妆"、"峡谷幽幽一线天"、"君住瑶池第一家"、"天赐风光醉石门"等等，皆仙气姗姗，清透心骨。他如"溪声无俗韵，山色自清幽"（《临江仙·登岳麓山爱晚亭》），"每逢登览，心宽物已，悲喜由人罢"（《青玉案·秋兴》）等，皆寄情高远，发人深省。读清安山水之作，往往能令人一空尘累，有超然物外之高致，使心灵得到净化与救赎。清安还有一首清江揽胜的《望海潮》词，洋洋洒洒，一百零七字，更是气象万千的压卷之作："清江灵胜，清波云影，清名远出经诗。清客一船，清风一管，清流一曲清词。长峡浴清晖，夹岸开清景,绿缛清蹊。斯地清明,漫天清气绕芳菲。　　画廊何处堪奇?有锦鳞吹浪,野鸟幽啼。蝴蝶化崖,猿猱挂壁,层峦翠耸参差,千瀑幻悬溪。石屏垂水面,竹树烟迷。泼墨丹青难拟,吟赏已忘归。"此词上片十一句,清波云影,清管清溪,连用十二个"清"字,凸显其灵胜景色,颇似长阳南曲七句半之风味:"春景悠悠,春燕绕春楼。春风吹拂春杨柳,春水池边卧春牛,游春人儿饮春酒,思春佳人动春愁。叫春香你我高卷春帘,同上春楼。"将一段风流自赏的情致,表现得惟妙惟肖。下片更驰骋想像,俨如行空天马。以"蝴蝶化崖"之庄周玄思与"猿猱挂壁"之太白妙笔,两相凑泊,以状其险境奇观。"千瀑幻悬溪"五字,一字一境,最为警策,无数条瀑布像倒挂的溪流,一个"悬"字,可谓力能拔山。而紧接着以"幻"字承之。化实为虚,迷离惝恍,遂开前人未到之词境,最为难得。老杜论诗,有"读书破万卷,下笔如有神。"正指此类。善为诗者,硬要有翻出如来佛手掌的本领,才能开径独行,独开奇境,此词是也。清安是律师,素有兼济天下的志向。胸有浩气,则笔具奇彩。他在《水调歌头·律师》词中说:"大丈夫,当豪气,耻沽名。初心犹自勿改,信仰岂能倾。舌绽风云激荡,笔扫弥天霾雾,谈笑罢雷霆。三尺干将剑,破匣作龙鸣。"这首自明本志之作,写得何等之好。正是这种平治天下的"初心"、"本色",赋予此词一种充盈天地之高情远抱,并将法律人智性的思辨与艺术家灵性的才情,巧妙而和谐地结合在一起,遂给人以无尽的感动。以清安之高才妙识,稍假时日,大成可待。不胜企予望之。

丙申冬日于云山别业

诗中有个我在

丁国成

"表现自我",在前些年曾被新潮人物吹得天花乱坠,似乎是他们的新鲜发现。其实,古人早有论及。清代吴乔(修龄)《围炉诗话》说:"诗中亦有人也。人之境遇有穷通,而心之哀乐生焉。夫子言诗,亦不出于哀乐之情也。诗而有境有情,则自有人在其中。"(见《清诗话续编》一)黄遵宪《人境庐诗草自序》也说:"诗之外有事,诗之中有人。"因为诗的本质在于言志抒情,纵然明理,也是表达诗人的人生感悟,所以,只要是真诗而非作伪,诗人的性情就必然见于诗中。诗如其人,人如其诗,读其诗如见其人。

清代还有两位诗论家论及诗人自我。袁枚说:"为人,不可以有我……作诗,不可以无我"(《随园诗话》)。张问陶也说:"诗中无我不如删,万卷堆床亦等闲。"(《论文八首》)为人有我,其人必俗,庸俗不堪,不值一提;作诗无我,其诗难雅,即使"万卷堆床",也是"等闲"赝品,不足一观。

诗人李清安深谙此中三昧。无论写人抑或叙事或者咏物,还是绘景或者说理,他都注重抒发自己的主观感受,将诗人的主体性情和生存感悟,倾注在他所表现的客观对象上,从而使其诗中总有一个我在,真切自然,新颖独特,不与他人相类，也不重复自我。

《叹成克杰》是他典型的描写人物的诗作。诗前有序，交代写作背景："《民主与法制》（2000年第19期）载，全国人大常委会副委员长成克杰，因受贿被逮捕后，辩护人张建中到看守所去会见他时，成克杰说他有两个情节，一是恩重如山，他认为，他能够从一个广西农村的壮族孩子，成长为一个党和国家的领导人，全是党的培养。二是情深似海，涉及到他和李平16年的个人感情，他愿意为她承担一切。李平即成的情妇。2000年7月31日，成被判死刑。"诗中写道：

<blockquote>
位高权重敢欺天，美色金钱欲壑填。
恩重如山山有恨，情深似海海成渊。
机关算尽卿卿命，法网难疏细细烟。
善恶忠奸终得报，贪官几个有人怜？
</blockquote>

作品为成克杰画像，可谓惟妙惟肖：描写的是贪官污吏，表现的却是诗人自我，即诗人的爱恨情仇。尽管诗中并未出现诗人，也无我字，但所表达的感情均为诗人的独特感受。成克杰能够成为"党和国家的领导人"，的确"全是党的培养"和人民的哺育。他置党恩民爱于不顾，一心只贪"美色金钱"，沉湎于声色犬马之中。"恩重如山山有恨，情深似海海成渊。"成克杰明知"恩重如山"而不去回报，不肯为党效劳、为民服务，反倒利用"位高权重"营利谋私，贪赃枉法，这不能不引起党和人民的极度憎恨。"机关算尽太聪明，反害了卿卿性命。"（《红楼梦》）成克杰自以为"情深似海"，最终成了罪恶的渊薮，难逃法律的严惩，实在是咎由自取、罪

有应得。"善恶忠奸终得报，贪官几个有人怜？"在这里，社会群体的大我之情，与诗人个体的小我之情，完全融为一体。

叙事之作，同样有我。诗的叙事，不同于小说、散文，一要极其简练，因受篇幅所限；二要重在抒情，无情不成为诗。例如《菩萨蛮·瞻"九一八事变"纪念馆》："巍巍碑馆书残历，警钟长使心头激。倭寇犯中华，国亡岂有家？雷霆驱鬼魅，日落秋风里。外辱恨难忘，吾侪当自强。"短短一首词中，写了几件大事："巍巍碑馆书残历"，叙述纪念馆的建筑采用了碑馆结合的设计形式，即碑称"九一八事变残历碑"，馆称纪念馆；"倭寇犯中华"，追记了日寇发动侵华战争，造成中华民族国破家亡；"雷霆驱鬼魅，日落秋风里"，概述了整个抗日战争，可谓言简意赅。诗人虽未亲历那段历史，但他亲"瞻"纪念馆，便要置身于其中。"警钟长使心头激"他要让"倭寇犯中华"的"警钟"长鸣，用以激励自己，永远不忘"外辱"，"吾侪当自强"。一个爱国者、进取者的抒情形象——诗人自我，凸显出来。

诗词咏物，亦属常见，《清庵诗草》中不乏咏物佳作，真正优秀的咏物诗必须达到"不即不离"（清·吴雷发《说诗菅蒯》），更要借物咏怀，托物寄兴。《西江月·咏镇纸》便是这样一首力作："出自书香门第，从来不要人夸。池边寸纸起烟霞，一镇山川入画。友结文房四宝，心交墨客词家。情痴案几度年华。有我平添风雅。"这首词表面在写镇纸，实际是在写人，达到了"不即不离"。"不离"镇纸：作品句句都写所咏之物"出自书香门第"，一旦镇在纸上，就有诗词书画产生，它同笔、墨、纸、砚"文房四宝"为友，总在"案几"之上度日：也"不即"镇纸：句句不泥于物，而有所寄托——"从来不要人夸"的，既是镇纸，更是诗人，犹如镇纸一般的朴实谦恭，"情痴"于艺术创作，执着于艺术追求"有我平添风雅"，显然是镇纸与诗人合二为一了。

另一首《西江月·游清江画廊至野三口遇鸥戏作》，则直接出现了诗人的名字："两岸青山吐翠，一川碧水分流。野三峡口问沙鸥：肯结清安为友？鸥睨笑而不答，悠然抱羽洲头。虚名蝇利俗人谋，谁把情关堪透。"作品题为"戏作"，却非游戏之词。先写青山碧水的优雅环境，再写诗人愿与沙鸥为友，沙鸥常被看作高雅的象征。老话说："不知其人视其友。"（《史记》）诗人一向"寄情醉写松梅骨，处世当交冰雪俦"（《言志》），这里不过是他借着结友的高洁娴雅，来展示自我超脱的品格而已。"虚名蝇利俗人谋，谁把情关堪透。"诗人早已"堪透""情关"，"名霜利露，等闲身外，浑管落谁家"（《少年游·辛卯元日咏怀》）。不愿与争名夺利的"俗人"为伍，要像远离名利之争的沙鸥那样，"悠然处世"，自得其乐。诗中不仅有我，而且有着高洁儒雅的自我。作品以人鸥对话出之，幽默诙谐，颇多情趣。

诗词绘景，离不开言情。清人李渔在《窥伺管见》中说："作词之料，不过'情''景'二字。非对眼前写景，即据心上说情。说得情出，写得景明，即是好词。"王夫之《姜斋诗话》也说："情景名为二，而实不可离。"若一味写景，则难免流于堆垛，"徒令江山短气"（王夫之）；若一味言情，"正恐粗浅直白，了无蕴藉，索然意尽"（清·蒋兆兰《词说》）。诗人李清安力避这样两种倾向，注意融情于景、即景抒情，始终让诗中有个我在。例如《菩萨蛮·长白山观雪》："云腾雾幻层峦叠，银河吐玉千堆雪。林海挂寒冰，一泓池水澄。凭高知俊赏，登览幽怀壮。岳峙傲苍穹，渊渟十六峰。"先以"云腾雾幻"状山之高，再用"银河吐玉"写雪之洁。"林海挂寒冰，一泓池水澄"，则是长白山区的独特景观，尤其是冰天雪地之下，长白天池也有几处水面不会结冰，殊为奇特，令人眼界大开。上阕主要写景，暗含诗人的赞美之情，下阕主要抒情，其中也有写景。"俊赏"、"幽怀"自是诗人登高"观雪"所生。"岳峙傲苍穹，渊渟十六峰"，最后以景结尾，形象鲜明。天池周围的十六座山峰，正与开头的"层峦叠"嶂相呼应。群峰耸立，环绕冰封雪覆的长白山天地，一片素洁雅静。"岳峙"无所谓"傲"，"傲"的是人。诗人"观雪"，触景生情，而又缘情布景，借以抒写出仰慕高洁清雅、追求高傲不凡的真挚情怀。

至于说理，古人有言："理语不必入诗中，诗境不可出理外。"（潘德舆《养一斋诗话》）诗主情而不主理，但诗有理趣，达到哲理境界，更能给人启发。《水调歌头·落叶》就是一首富有理趣的佳作："日暮西风起，疏雨送秋声。枝头黄叶飘去，树树满离情。草木荣枯有序，新叶频催陈叶，妆点数峰青。不怨于秋落，不谢于春荣。进则退，得犹失，死还生。世间万物如此，何必较输赢？看惯风花雪夜，不过凭栏杯酒，最累是虚名。人在三山外，天地一浮萍。"作品创作出"落叶"的鲜活意向，寓有诗人自我的人生感悟。一般俗人，多半都是"得则欣欣失则悲"，容易计较进退、荣枯、输赢。"落叶"意向告诉人们：荣不必喜，因为荣而后枯；枯亦不必悲，因为枯为后荣。春荣秋枯，"荣枯有序"。进退、得失乃至生死，何莫不然？"世间万物如此，何必较输赢？"

只有"把得失堪透",方能获得人生自由。"人在三山外,天地一浮萍。""三山"是指传说中的东海三神山,即蓬莱、方丈、瀛洲三山仙境。"三山不见海沉沉,岂有仙踪更可寻。"(唐·刘禹锡《怀妓》)仙无可凭,人非仙圣,只是"浮萍"而已,逃不脱生老病死的一般规律,无须为"虚名"浮利日夜驱驰,"最累"自己。显而易见,词中的抒情主人公正是淡泊名利、远离世俗的诗人自我。

诗中不能无我,也不能只有纯粹小我。诗中的自我,应是小我与大我的辩证统一,既有诗人小我的独特个性,又有民众大我的普遍共性,两者灵犀相通。这大概就是诗人李清安以及所有优秀诗人执着追求的理想境界吧。

2011 年 11 月 30 日于北京

清安词评

雷成文

　　读清安词如倒啖甘蔗，愈嚼愈甜，如卧听洞泉，别有韵致，又如行桃源路，愈行愈幽，愈行愈奇。

　　清安词有清安词的特点。我们读清安词，既有浓郁的古典风格，又有浓郁的现代气息。如果深度剖析，则发现其章法俨然古法，其语言秀而不腻，在今古之间，其立意通过所见所闻，准确表达作者当时心境，走纯粹现代化的道路。下面，我们从三个方面来进行简单分析。

　　结构，是词的骨架。骨架好则气脉贯通，骨架不好则气脉不畅。初习词者大多知道分片，而不知道分拍。清安词注重片与片、拍与拍之间的顾盼，将起、承、提、按、转、接、收等诸法融入其中。如其《梅花引·癸巳春回乡杂感》："晓来春雨挂檐前，雨声喧，鸟声喧。草入帘青，篱外海棠鲜。吹面不寒襟袖湿，对清影，鬓苍苍，忆少年。　　忆少年，少年歌在田。蚕月天，放纸鸢。醒也梦也，眨眨眼，风度翩翩。驹迹难寻，影事杳流烟。邀得儿时三五伴，携白酒，解诗囊，夜忘眠。"一拍起，二拍承，三拍转，四拍即下片顶针再提起，五拍承，六拍再承，七拍按，过度一下，八拍收。全词真气内注，活色生香。

语言，是词的装束。什么样风格的词便有什么样的语言表现形式。清安的词风俊雅秀丽，因此，其语言多清圆润泽。他的所有句子不见一丝俗语，不沾一点俗气，虽不露棱角但颇见风骨。句中字字皆响，吟之有韵，击之有声。如："五郡南屏北卫，一水西流东注"，写景化繁为简，举重若轻。"碧江婉转波犹叠，红叶婆娑岭欲焚"，音律珠圆玉润，景物如见丹青。"颤颤叶儿飞，楚楚花儿俏"叠字刻画，惟妙惟肖。"知君家在仙宫，年年管领春风"一派仙家语，不沾一点人间烟火味。"野三峡口问沙鸥，肯结清安为友"物人一体，诙谐潇洒。

　　立意，是词的灵魂。所谓灵魂，就是看不见摸不着只能感觉体味的东西。灵魂不可显露，如果一眼就能见到一个人的灵魂，那么这个人就离死去不远了。立意是一样，要隐晦蕴藉，不可直露。清安词的立意，大多在似与不似、是与不是之间，大多在真实与理想、现实与思考之间，给人以真实、朴实的感觉。如《临江仙·站台》、《水调歌头·酬吴军朝阳观席上留句》等就是写朋友间的真情，《梅花引·癸巳春回乡杂感》，就是写人生易老，快乐当下的主题，没有无端拔高立意。当然也有契合身份的忧国忧民之作，如《水调歌头·律师》、《八声甘州·登泰山》等诸篇，立意高远，沉着厚重。

　　总之，清安词融诸法于一炉，又得周笃文先生点化，十万舄履，悉化于凫，自出机杼，独成一家。可谓三楚词坛之异军也。

目 录

总　序……………………………………… 郑欣淼 1
胸中浩气　笔底清音……………………… 周笃文 1
诗中有个我在……………………………… 丁国成 1
清安词评…………………………………… 雷成文 1

上编　词

长相思·景阳关…………………………………… 3
望江南·清江（四首）…………………………… 3
南乡子……………………………………………… 4
诉衷情·重逢……………………………………… 4
桂枝香·缅怀毛泽东……………………………… 5
点绛唇·山村秋居………………………………… 5
采桑子·寻春……………………………………… 5
西江月·冬日感怀………………………………… 6
诉衷情·野菊……………………………………… 6
临江仙·迎回归…………………………………… 6
行香子·中秋月下独吟…………………………… 7
长相思·酒后……………………………………… 7
浪淘沙·中秋……………………………………… 7
满庭芳·花坪垭位坪龙洞………………………… 8

卜算子·过洞庭……………………………………… 8
沁园春·广西行……………………………………… 9
临江仙·谒秋风亭…………………………………… 9
临江仙·而立………………………………………… 10
水调歌头·上海黄浦江有序………………………… 10
鹧鸪天·夏日登古隆中腾龙阁……………………… 11
西江月………………………………………………… 11
凤凰台上忆吹箫·朝阳观首届"茨泉"
　　　文学创作笔会赋…………………………… 12
西江月………………………………………………… 12
临江仙·庚辰岁末寄友人…………………………… 12
水调歌头·落叶……………………………………… 13
水调歌头·雪………………………………………… 13
踏莎行·夜游北京明城墙遗址公园………………… 14
采桑子·中秋………………………………………… 14
长相思·夜宿青岗平遇雪有作……………………… 14
水调歌头·迁居……………………………………… 15
念奴娇·燕…………………………………………… 15
减字木兰花·春雪…………………………………… 16
鹧鸪天·苏州退思园感怀…………………………… 16
采桑子·凤凰城沱江感怀…………………………… 16
采桑子·湘西凤凰古城印象………………………… 17
采桑子·芙蓉镇平湖泛舟…………………………… 17
鹧鸪天·咏石………………………………………… 17
西江月·旅杭州路上思家有作……………………… 18
桂枝香·西湖………………………………………… 18

鹧鸪天·游长阳县清江偶吟…… 18

金缕曲·教师节感怀…… 19

御街行·中秋…… 19

鹧鸪天·秋下白果坝乡遣兴…… 20

鹧鸪天·戊子元宵邀恩施晚报诸君痛饮华瑞酒店…… 20

满庭芳·重登黄鹤楼…… 20

长相思·夏梦…… 21

水龙吟·汶川地震祭…… 21

望江南·车次武汉有词…… 22

鹧鸪天·秋登五峰山连珠塔…… 22

汉宫春…… 22

捣练子…… 23

捣练子…… 23

西江月·井冈山…… 23

眼儿媚·三亚…… 24

桃园忆故人·与赵子牧初逢桂林桃源有赠…… 24

鹧鸪天·桂林象鼻山…… 24

扬州慢·枫香坡…… 25

金缕曲·以词代父墓志铭…… 25

金缕曲·以词代母墓志铭…… 26

清平乐…… 26

浣溪沙·秋登五峰山念远…… 26

浣溪沙…… 27

浣溪沙…… 27

浣溪沙…… 27

清平乐…… 28

西江月·赠柳茂恒……………………………… 28
车行绿葱坡冰雪道中……………………………… 28
望江南·庚寅元春十咏…………………………… 29
踏莎行·依原玉奉和柳茂恒公…………………… 31
踏莎行……………………………………………… 31
霜天晓角·梅……………………………………… 31
霜天晓角·兰……………………………………… 32
霜天晓角·竹……………………………………… 32
霜天晓角·菊……………………………………… 32
鹧鸪天·施州初逢词家周笃文先生……………… 33
水龙吟·暮春海棠………………………………… 33
浣溪沙（二首）…………………………………… 34
满江红·庚寅立夏年届不惑感怀………………… 35
西江月·咏镇纸…………………………………… 35
浪淘沙·古琴台…………………………………… 35
浪淘沙·寒山寺怀古……………………………… 36
鹊踏枝·西湖……………………………………… 36
浪淘沙·咸丰四洞峡……………………………… 36
石州慢·花坪黄鹤桥秋日寄兴…………………… 37
减字木兰花·北京香山…………………………… 37
菩萨蛮·参观沈阳张氏帅府……………………… 37
菩萨蛮·瞻"九一八事变"纪念馆……………… 38
菩萨蛮·长白山观雪……………………………… 38
菩萨蛮·白桦林抒怀……………………………… 38
菩萨蛮·夜宿长白山下二道河镇………………… 39
菩萨蛮·延边图们市朝鲜边境有感……………… 39

菩萨蛮·哈尔滨 ……………………………………… 39
菩萨蛮·哈尔滨太阳岛 …………………………… 40
菩萨蛮·北大未名湖畔抒怀 ……………………… 40
菩萨蛮·自京回鄂重过黄鹤楼 …………………… 40
点绛唇·首次乘火车自恩施赴武汉感赋 ………… 41
渔家傲·庚寅除夕 ………………………………… 41
少年游·辛卯元日咏怀 …………………………… 41
唐多令·辛卯清明，余与左全、光宪诸君花坪
　　小西湖踏青得句 ……………………………… 42
西江月·游清江画廊至野三口遇鸥戏作 ………… 42
采桑子·水布垭采风得句 ………………………… 42
望海潮 ……………………………………………… 43
高阳台·瞻西山黄叶村曹雪芹纪念馆 …………… 44
青玉案·秋兴 ……………………………………… 44
鹧鸪天·回乡过岁感赋 …………………………… 45
临江仙·渝利铁路采风得句 ……………………… 45
临江仙·站台 ……………………………………… 45
临江仙·感怀 ……………………………………… 46
临江仙 ……………………………………………… 46
临江仙·登岳麓山爱晚亭 ………………………… 47
南乡子·游邛海 …………………………………… 47
临江仙 ……………………………………………… 48
南乡子·望城坡 …………………………………… 48
临江仙·武当山纪游 ……………………………… 49
沁园春·橘子洲感怀 ……………………………… 49
水调歌头·酬吴军朝阳观席上留句 ……………… 50

卜算子·自渝夜航乌鲁木齐飞机上有作 …………… 50

酒泉子·达瓦昆沙漠感怀 …………………………… 50

念奴娇·登昆仑山遥望"冰山之父" ………………… 51

酒泉子·天山 ………………………………………… 51

浣溪沙·壬辰除夕母亲病床前感吟 ………………… 51

梅花引·癸巳春回乡杂感 …………………………… 52

清平乐 ………………………………………………… 52

南歌子·黔中天台山怀古 …………………………… 53

水调歌头·黄果树瀑布 ……………………………… 53

金缕曲 ………………………………………………… 54

鹧鸪天·鹳雀楼 ……………………………………… 55

玉楼春·秦淮河 ……………………………………… 55

渔歌子 ………………………………………………… 55

蝶恋花 ………………………………………………… 56

醉花阴·九寨沟秋色 ………………………………… 56

鹧鸪天·遣兴 ………………………………………… 56

画堂春·甲午新正倒春寒遇雪有作 ………………… 57

画堂春 ………………………………………………… 57

盐角儿 ………………………………………………… 58

踏莎行·景阳村晓 …………………………………… 58

鹧鸪天·江油怀李白 ………………………………… 58

鹧鸪天·窦圌山 ……………………………………… 59

浣溪沙 ………………………………………………… 59

卜算子 ………………………………………………… 60

鹧鸪天·登巫山神女峰赏峡江红叶有句 …………… 60

朝中措·寻雪不遇 …………………………………… 61

临江仙·乙未除夕感怀…………………………… 61

清平乐·乙未元日，电闪雷鸣，风雨大作………… 61

清平乐………………………………………………… 62

清平乐………………………………………………… 62

采桑子………………………………………………… 63

鹧鸪天·重游成都杜甫草堂感怀…………………… 63

苏幕遮·汪家寨……………………………………… 64

苏幕遮·汪家寨避暑得句…………………………… 64

采桑子………………………………………………… 65

  又…………………………………………………… 65

  又…………………………………………………… 66

  又…………………………………………………… 66

  又…………………………………………………… 66

  又…………………………………………………… 67

  又…………………………………………………… 67

减字木兰花·题石心河大桥………………………… 67

减字木兰花·自恩施赴成都办案途中有怀………… 68

蝶恋花·大寒………………………………………… 68

鹧鸪天·初夏造访影珠山（二首）………………… 68

减字木兰花·岁次丙申二月十五日初仁先生

  六十六寿诞有寄………………………………… 69

水调歌头·文斗……………………………………… 69

水调歌头·律师……………………………………… 70

水调歌头·寄友人开显……………………………… 70

忆江南·柿子（二首）……………………………… 71

蝶恋花·京城席上答诸诗友……………………………… 71
鹧鸪天·丁酉新正酒边杂兴…………………………… 72
江城子·悼向大志先生………………………………… 72
浣溪沙·元夕…………………………………………… 72
浣溪沙·万州…………………………………………… 73
鹧鸪天·雨水…………………………………………… 73
踏莎行·东湖…………………………………………… 73
八声甘州·登泰山……………………………………… 74
鹧鸪天·龙马行………………………………………… 74
水龙吟·龙马小镇寄怀………………………………… 75
一痕沙·晨起出庭，沪渝高速道中…………………… 75
一痕沙·记梦…………………………………………… 75
减兰·奉题《柽柳诗抄》……………………………… 76
最高楼·读《柽柳诗抄》寄怀………………………… 76
摊破浣溪沙·京城元大都遗址公园见柳絮飘飞有怀… 76
鹧鸪天·章华台怀古…………………………………… 77
减兰·登西安大风阁…………………………………… 77

中编 绝句

绝句·离别……………………………………………… 81
绝句·访诗翁胡季武感赋（三首）…………………… 81
绝句·顽童志可嘉……………………………………… 82
绝句·题赠玉庵老人松梅阁…………………………… 82
绝句·碧柳……………………………………………… 82
绝句·香江归大海（四首）…………………………… 83
绝句……………………………………………………… 84

绝句·题赠松梅老人	84
绝句·秋风亭	84
绝句·客居胡集镇	84
绝句·天安门广场观升旗	85
绝句·辛巳年振普生日寄怀（二首）	85
绝句·颐和园	85
绝句·有感时下出书热（二首）	86
绝句·中秋	86
绝句·冬日有作	86
绝句·夏日午睡诗成	87
绝句·井冈山（三首）	87
绝句·风竹	88
绝句·雨竹	88
绝句·病中吟（二首）	88
绝句·无题	89
绝句·题赠综艺斋杨公仁桃先生	89
绝句·答柳茂恒公	89
牡丹八章·二〇一五年四月二十九日（八首）	90
乙未杂感·乙未三月二十二日，四十五岁生日有怀（四首）	92
侍晓川先生冬游黄鹤桥得句	93
侍晓川先生游石通洞觅山谷诗石刻不得有感（二首）	93
洗心泉感怀	93
送别晓川先生机场有吟	94
离京道中有怀	94

依周笃文先生《赴京道中》原玉……………………… 94
　又 ……………………………………………………… 94
　又 ……………………………………………………… 94
　又 ……………………………………………………… 95
　又 ……………………………………………………… 95
诸诗友相邀作客林博园不就，忆及元旦侍
　晓川先生游林博园时，晓川先生有诗
　"门前一曲沧浪水"，感而记之。……………… 95
咏荷（三首）……………………………………………… 96
题集美丙申处暑茶会……………………………………… 97
立冬办案途中感怀（二首）……………………………… 97
哀聂树斌（二首）………………………………………… 98
自鄂抵京飞机上有作……………………………………… 98
南海观潮………………………………………………… 98
丁酉初七与天文叔、开华、
　旺盛诸贤于广润河边饮硒珍琼液有作 ……………… 99
矮寨大桥………………………………………………… 99
贾谊故里咏怀…………………………………………… 99
访恬园有感…………………………………………… 100
火车上读海鸥吟长《水云轩诗词》口占…………… 100
蜀南竹海观瀑亭口号………………………………… 100
在京参加扫黑除恶专项工作会议有句……………… 100
近日回乡，见门荒径悄、尘掩苍苔。
　唯几年前书之门联，纸虽剥落，墨迹尚存，
　心生感焉。拟四句以记之…………………… 101
戊戌夏至日，首届湖北省公诉人与律师

电视论辩赛律师选手复赛在武汉南湖岸边举行。

  余忝为评委，拟四句口号以记……………………101

过四渡河大桥………………………………………101

下编 律诗

七律·春晨即景……………………………………105

七律·游花坪五峰山………………………………105

七律·言志…………………………………………105

七律·黄鹤楼………………………………………106

七律·从鄂西赴荆州有感…………………………106

七律·鹤峰行………………………………………106

七律·诗赠唐纯习律师于恩施……………………107

七律·车次东门关…………………………………107

五律·丁亥年除夕忆故人…………………………107

七律·鹏城别小妹秋慧口占………………………108

七律·冬日寄兴兼怀子牧…………………………108

五律·元旦怀人……………………………………108

奉和柳茂恒公《花甲述怀》原玉…………………109

丙申元日寄怀………………………………………109

丙申元日寄怀（叠前韵）…………………………109

步韵恭和周晓川先生《丙申贺岁》诗……………110

赴湘西道中…………………………………………110

与诸诗友登襄阳王粲楼有寄………………………110

黄帝陵（折腰体）…………………………………111

过黄河………………………………………………111

附 文论

爱国主义是中华诗词之魂……………………………………115
雅集当吟正气歌………………………………………………123
莫笑书生最迂阔 壮心飞到海南陬……………………………126
用大赋之椽笔，书盛世之风骚…………………………………134
一、浅议赋的起源及流变………………………………………134
二、读《酉贡斋赋稿》，赏花圃之荣昌………………………139
三、如何才能写出具有时代感的精美大赋……………………141
向曹风致敬………………………………………………………143
在《诗词家》丙申新春座谈联谊会上的致辞…………………145
在首届中国诗词家高峰论坛开幕式上的致辞…………………147
在首届清江诗词论坛暨郁江诗词笔会上的讲话………………150
在恩施州旅游文化论坛暨第二届
　　清江诗词论坛上的讲话……………………………………155
晚菘新韭诗苑清芬………………………………………………160
　　减兰·奉题《桎柳诗抄》………………………………170
　　最高楼·读《桎柳诗抄》寄怀…………………………170
欲借九天云试剪…………………………………………………171
如花妙笔　继雅开新……………………………………………176
笔下乡愁醇如酒…………………………………………………183
幽默自况　哀而不伤……………………………………………189
秋　望……………………………………………………………189
雪与中国古典情怀………………………………………………191
收拾光芒到影珠…………………………………………………201
历下当歌…………………………………………………………206
一蓑烟雨任平生…………………………………………………208

侍游札记…………………………………………… 210
诗在哪里…………………………………………… 212
江山还要文心养…………………………………… 214
有一种书信堪称经典……………………………… 216
一诗人一高峰……………………………………… 218

上编 词

长相思·景阳关

菜花香，桃花香。一路春风醉景阳，依依垂柳长。　　踏清江，恋清江。水秀山青出凤凰，蛾眉斗艳妆。

一九九三年三月六日

望江南·清江（四首）

（一）

江南好，最爱是清江。月下听涛惊万里。轻舟一叶水茫茫，潮弄气轩昂。

（二）

江南好，最美是清江。六月娇阳流似火，游人举步欲身藏，岸柳恰生凉。

（三）

江南好，最美是清江。遍地梨花飞白雪。沿河两岸竞栽秧，秋日稻飘香。

（四）

江南好，最美是清江。水映红妆波映俏。苗家少女洗衣裳，粉面漾春光。

南乡子

何处不春浓，缕缕清香馥馥风。疑是丹青挥信手。惊鸿，蝶醉花丛影忽踪。　　大众逗英雄，鹤发童颜不老翁。换得江山添锦绣。惊龙，经济疾飞气贯虹。

一九九三年三月

诉衷情·重逢

半钩新月洒清霜，日暮渐生凉。朋缘夜色难却，遂信步，叙衷肠。　　倾白酒，忆沧桑，味深长。击歌吟句，豪气干云，笑我诗狂。

一九九三年六月二十七日

桂枝香·缅怀毛泽东

登临漫步，叹无限江山，极目远岫。把酒凭高对饮，辱荣皆去。几曾忧患沧桑里，喜神州，容颜依故。等闲烽火，中原逐鹿，乱云飞渡。　挽狂澜英雄缚虎，著五卷雄文，诗惊寰宇，一盏航灯指路，浩然尘土。书生意气真儒将，仰丰碑，千秋同赋。长征殊世，功垂青史，有前人否？

点绛唇·山村秋居

雨过晴秋，露浓星月风寒斗。翠残花瘦，梅影轻摇首。　乳雾穿林，梦醒愁如酒。君知否？自君去后，泪淹青衫袖。

采桑子·寻春

寻春十里家家有，溪水扬清。嫩柳含情，绿染枝头色色新。　欢声笑语田园闹，共赛耕耘。不负辛勤，油菜花黄稻麦青。

一九九四年三月二十二日

西江月·冬日感怀

欲问春之消息，骚人笑舞吟鞭。金风玉露已年年，今又寒花扑面。　　休道功名难就，风流赋与佳篇。豪情诗酒啸云天，啸破苍茫一片。

一九九五年十二月二十四日

诉衷情·野菊

丛丛野菊傲寒霜，幽谷吐清香。名缰利锁何惧？尘暗显刚强。　　君子志，耻温房，世流芳。洁身如玉，冷眼盆栽，独寄天荒。

一九九六年十月八日

临江仙·迎回归

港岛回归热泪涌，百年风雨盈眸。赔银割地恨难休，浩然留正气，鲜血溅神州。　　十亿炎黄齐奋斗，安邦自有良谋。仁人志士竞风流，丹心辉日月，铁骨写春秋。

一九九七年七月一日

行香子·中秋月下独吟

弹剑登楼，万里霜秋。舞寒光，气荡神州。吴刚捧酒，玉兔倾瓯。赞收香港，还澳门，统夷洲。　　浩月笙歌，泣露箜篌。唤嫦娥，星海飞舟。看新世纪，事业方遒。览长城壮，昆仑立，大江流。

一九九七年八月十五日

长相思·酒后

酒伤肝，恨伤肝。醉里温柔醒被寒，佳人不见还。　　聚无端，散无端。夜半孤身梦已残，天边冷月悬。

一九九七年九月二十二日

浪淘沙·中秋

窗外露华浓，睡意无踪。楼台弄月与君同。对影飞觞何所似？直似孤鸿。　　碧海化长空，任尔西风，淡云舒卷去留中。潇洒悠然无定处，万壑千峰。

一九九八年八月十五日

满庭芳·花坪垭位坪龙洞

曲径通幽，天然奇洞，曾因佳地龙眠。一枪飞弹，残齿两凄悬。巨口空留不语，难说尽，万古云烟，人间事，桑田沧海，变幻自多艰。　　涓涓，清韵绝。流泉碎玉，水滴鸣弦。那山外炎凉，峡谷深渊。非是瑶台美景，舍身去，梦里桃源。何须问，洞中数月，尘世已千年。

一九九八年九月十四日

卜算子·过洞庭

雨骤洞庭湖，涛涌风帆竞。远望南来第一楼，缥缈云中影。　　遥想范希文，忧乐心头省。独上高楼把酒倾，一记千秋醒。

一九九九年七月二十二日

沁园春·广西行

南国风光，到处争妍，快意醉人。喜千畦荷碧，雨喧竹翠，芭蕉深绿，燕舞莺鸣。瓜果飘香，层楼竞峙，妙手丹青自染成。佳丽地，有鸥吟水韵，客起诗情。　　钦州北海南宁，看改革春潮涌壮心。更漫游象鼻，寻幽叠彩，桂中人物，龙虎精神。锦绣江山，珠玑遍地，疑是瑶池幻似真。君休怨，此人间天上，意马猿心。

一九九九年六月二十二日

临江仙·谒秋风亭

揽月寇公亭上饮，分明年少娇英。秋风江水送涛声。荷残霜冷下，大志出贤名。　　慢数千年如一瞬，人间巨变堪惊。再登亭阁赏春晴。孤舟从此去，天地有龙腾。

二〇〇〇年四月十日

临江仙·而立

披发狂歌三十岁，而今又见飞花。业州醉饮友人家。夜阑风不静，归去月西斜。　　弹指半生何所得，殷勤付与年华。豪情伴我走天涯。漫天霜与雪，雨霁复红霞。

二〇〇〇年三月二十二日

水调歌头·上海黄浦江有序

二〇〇〇年六月二十六日庚辰年夏日，与代辉兄赴上海办案，闲暇之余，夜饮黄浦江上，见都市繁华形胜，东方明珠焕彩，兴奢耳热，遂吟此阕以为记。

谈笑浦江上，拍手戏涛头。霓虹光接云霞，江阔赛龙舟。车啸人喧来去，雄塔冲霄玉宇，拔地耸高楼。道义担肩上，千里显风流。　　病夫恨，亡国耻，民族仇。斑斑陈迹犹在，霜雪几春秋。前事当须回首，腐败何怜狠斗？壮志展鸿猷。东海明珠灿，镶嵌我神州。

鹧鸪天·夏日登古隆中腾龙阁

高阁凌霄气势雄，山明水秀古隆中。小桥横竹清幽处，翠柳喧松隐卧龙。　　歌陇亩，去疏慵。待时吟啸振苍穹。求田问舍非君志，揭地掀天将相功。

二〇〇一年五月二十日

西江月

四面青山屏翠，农家小院风光。蛙声鸟语话丰粮，便觉心驰神往。　　屋后榴花似火，房前瓜果飘香。牛羊鸡犬树中藏，个个膘肥肉壮。

二〇〇一年五月三十一日

凤凰台上忆吹箫·朝阳观首届"茨泉"文学创作笔会赋

捷步登高，眼空胸阔，楚天风景无边，看万千云树，蔓径悬悬，洗水潺湲。涉险寻幽去，直上峰巅。朝阳观，业州形胜，代有英贤。　　田田，霜毫剑势，叹笔底惊涛，墨涌茨泉。为振兴文艺，阆苑争妍。些许浮名虚利，应吾辈，睥视云烟。举吟帜，从今展望，又有新篇。

二〇〇一年六月二十七日

西江月

已是黄昏归去，炊烟斜散山头。小儿无赖闹田畴，背上秋光一篓。　　父老几人相聚，三杯两盏悠悠。葡萄架下说风流，风送醇香好酒。

二〇〇一年八月三十日

临江仙·庚辰岁末寄友人

聚似浮萍根不定，离愁惟有心知。腊梅有信报春归。归程今已计，犹恐寄诗迟。　　长忆寒窗年少事，英姿锐气堪追。重来对雪典春衣，柳阴疏竹翠，簇簇发新枝。

水调歌头·落叶

日暮西风起,疏雨送秋声。枝头黄叶飘去,树树满离情。草木荣枯有序,新叶频催陈叶,妆点数峰青。不怨于秋落,不谢于春荣。 进则退,得犹失,死还生。世间万物如此,何必较输赢?看惯风花雪月,不过凭栏杯酒,最累是虚名。人在三山外,天地一浮萍。

二〇〇二年十一月二十日

水调歌头·雪

南雪不沾地,玉宇岂无尘?冷风热雨频更,四季总难分。我欲欺霜斗雪,直入苍山峻岭,咫尺素乾坤,极目天低处,物我两冰人。 竹清瘦,松高洁,雪精神。江山任意舒卷,寒气荡纷纷。打造清平世界,洗尽胸中块垒,肝胆不忧贫。惟有壮心在,高唱沁园春。

二〇〇二年十二月四日

踏莎行·夜游北京明城墙遗址公园

半截城墙，几株古树，明朝旧迹堪寻处。兴亡一纸化清烟，风流梦随残阳去。　　楼接苍穹，光腾紫雾，繁华遍染神州路。试看今日此江山，千秋历史英雄著。

二〇〇三年六月十七日

采桑子·中秋

金樽邀月融融夜，去岁中秋。今又中秋，客酒一杯分外稠。　　霜天劲挺逸仙树，雾满高楼。欲上高楼，直取风流展壮猷。

二〇〇三年八月十五日于京都

长相思·夜宿青岗平遇雪有作

走一程，停一程。短信频催雪夜行。冰封客路惊。　　梦一更，醒一更。掐指归期梦不成。风寒闻鸟声。

二〇〇四年十二月十三日

水调歌头·迁居

碌碌求生计，衣食住和行。仰观宇宙之大，底事敢言轻？一饮一枝一缕，广厦千钟万贯，堪笑费人评。穷酸有高论，犹自振金声。　　草堂志，陋室德，古今情。朱门多少骄子？白屋出公卿。长恨身非自己，终日营营苟苟，为利复为名。莫道红尘闹，心静与云平。

二〇〇五年八月九日

念奴娇·燕

长空万里，冻云摧，霎时山川寒彻。蓬雀栖身蒿矮处，野兔潜踪岩穴。竹气清高，梅香淡远，百草尽霜折。江南燕子，千般心思难说？　　重见想是清明，梨花纷谢，片片消残雪。争奈旧巢相不识，忍教情人心孑。翠羽翩翩，三形两影，飞入西城歇。盈盈一水，竟然无语凝咽。

二〇〇五年十二月二十七日

减字木兰花·春雪

晓来春雪,玉树琼枝堪与折。放眼苍穹,风助雪飞舞九重。　　冰封岩路,此去前途云共雾。香暗幽兰,勃勃生机战晚寒。

二〇〇六年春下乡路上

鹧鸪天·苏州退思园感怀

绕榭穿亭倚小楼,凉生菰雨晚来秋。池鱼不解荣枯梦,谁识平生冷暖收?　　经宦海,历沉浮。可怜名利险中求。何妨归去看烟霭。退隐林泉戏野鸥。

二〇〇六年九月十九日

采桑子·凤凰城沱江感怀

虹桥斜卧江心月,夹岸溢芳,波影流光。一叶扁舟弄水乡。　　莺声啼处游人驻,情满沱江,倩影牵肠。曲曲山歌醉凤凰。

二〇〇六年十二月十四日

采桑子·湘西凤凰古城印象

雕檐画阁轻飘絮，古韵清词，古曲新诗，水墨天然浓淡时。　桃源莫问山中月，世事如棋，世路多歧，赏乐皆缘物以稀。

二〇〇六年十二月十四日

采桑子·芙蓉镇平湖泛舟

平湖晚渡风烟静。山色清幽，白鹭啁啾，松竹猿鸥相与俦。　行舟击水涟漪动。不觉沉浮，难见中流，沧海扬波放胆讴。

二〇〇六年十二月十五日

鹧鸪天·咏石

余赴湖南省石门县办案，有幸欣赏了王中浩先生收藏的石门奇石，深觉石虽怪、丑、奇，但其有大美而不言也，"奇观天来何须画，石不能言最可人"，遂吟此阕。

雁送霜风到石门，云含雪意渐黄昏，主人延客观奇石，石画天成无斧痕。　生旷野，隐凡尘。峰高有骨赖君魂。坡翁不爱蓝田玉，石不能言最可人。

二〇〇七年一月九日

西江月·旅杭州路上思家有作

自恨才疏智浅，又偏儿女情长。西溪夜涨到家乡，梦觉归潮难挡。　　何处江山绝妙，风流尽在苏杭。平生事业胜春光，切莫物玩志丧。

二〇〇七年五月十日

桂枝香·西湖

烟堆画柳，正日暖风轻，西子相候。是处飞红点翠，浅波鱼逗。萋萋芳草长堤路，步幽深、暗香盈袖。绿杨阴里，碧园缀玉，独梅娇瘦。　　我来也、坡翁在否？应和靖相邀，唤取诗酒。月上珠帘高卷，水天如昼。最难胜景寻清寂，每登临、眼前空有。六桥春色，依依驻足，几番回首。

二〇〇七年五月十一日

鹧鸪天·游长阳县清江偶吟

夜雨芭蕉梦不平，凭栏晓起听潮声。千溪吐玉幽怀壮，万壑争流雪浪惊。　　盐水秀，楚峰青。长阳好景丽人行。何须吴带当风笔，四季清江入画屏。

二〇〇七年六月十九日

金缕曲·教师节感怀

　　时序消残暑,又金秋,耕晨耘夕,足堪辛苦。细雨无声倾幼苗,犹待浓阴高树。百年事,丹心谁与? 衣带渐宽双鬓白,料平生,乐道传薪路,淡富贵,享清誉。　　韩公师说开宏语。看先贤,英才豪杰,帝王神武。耻学焉能成大业,重教从来多助,正风气,黄钟大吕,幸喜当今逢盛世,启文明,点点承恩露。佳节至,听金缕。

二〇〇七年九月十日

御街行·中秋

　　花间流影蛩声碎。桂零落,悄然坠。层云月破泻清辉,满地幽香飘砌。年年秋夜,无端勾起,多少春心事。　　谁能留得光阴滞?看不破,红尘累。 照今照古一轮冰,只剩两行清泪。雁回传语,关山难越,咫尺人千里。

二〇〇七年农历八月十五日

鹧鸪天·秋下白果坝乡遣兴

　　白果霜清秋色赊，枫鲜竹翠慢驱车。篱边菊绽蜂来嗅，小径横斜簇野花。　　蒸紫蟹，煮红虾。山鸡腊狗味堪夸。半坛烧酒随心快，闲话丰年桑与麻。

二〇〇七年十一月九日

鹧鸪天·戊子元宵邀恩施晚报诸君痛饮华瑞酒店

　　火树银花闹鼠春，今宵雪尽润芳辰。满城姝丽腾云彩，百里清江滚画鳞。　　喧笑语，品佳醇。华灯映月两精神。行吟走笔襟怀壮，独领风骚晚报人。

二〇〇八年正月十五日

满庭芳·重登黄鹤楼

　　玉笛横吹，落英斜坠，江城翠柳敷阴。鹤翔云矗，高阁弄瑶琴。亘古江流跌宕，掩不尽、崔颢愁心。空余恨，晴川望断，鹦鹉惯浮沉。　　重临，舒放眼，飞檐画栋，汉树春深。楚天势峥嵘，三镇熔金。两水千川百汇，烟波里，虎啸龙吟。凭栏处，迎风酹酒，豪气壮胸襟。

二〇〇八年五月十一日

长相思·夏梦

醒不成，梦难成。一夜相思到五更。花前月下情。　水不平，心难平。假作真时欢泪盈。晓窗天已青。

二〇〇八年五月十五日

水龙吟·汶川地震祭

时维五月，岁属初夏。惊悉巴蜀汶川天崩地陷，灾难空前，悲急交加。国难当头，危险频仍，总理亲临，众志成城，真可谓感动中国，感动世界！如此国难，志士岂能无血，诗人岂能无诗！夜不能寐，泪涌是阕。是为祭。

汶川滚滚愁云，天崩地陷西南缺。共工淫怒，不周山倒，雪飞五月。蜀鸟啼悲，大江垂泪，人寰凄绝。多少魂魄散，阴阳两隔，举目望，苍生血。　莫道神州惨烈，任凭他，雄关百折。温公蹈险，三军赴难，兆民力接。四海同心，五洲援手，义彰高节。待家园重建，山河重塑，再吟新阕。

二〇〇八年五月十九日

望江南·车次武汉有词

春梦扰，懒起倚空床。杨柳依依亭下水，萋萋芳草恋清江。晓月挂西窗。

二〇〇八年三月三十日

鹧鸪天·秋登五峰山连珠塔

夕染层林秋色妍，风烟俱净独云闲。连珠塔上凭栏望，眼底苍生谁可怜？　波滚滚，浪喧喧。笑看流水送华年。万千过客涛声里，总见江山换旧颜。

二〇〇八年十月二十二日

汉宫春

雪尽春柔，奈清寒已久，无病闲愁。莺声啼破新绿，沙暖轻鸥。窗前碧水，被唤起、不忍芳流。浑不管，丝丝垂柳，随波漫上心头。　莫问恼烦些事，盼雁归杳杳，寂寂西楼。芳姿乱叠碎影，梦语啾啾。何人念我？想伊人、咫尺施州。人渐瘦，春风有恨，春风徒惹风流。

二〇〇九年正月初五

捣练子

风淡淡,雨柔柔,燕子斜斜碧瓦沟。应是柳梢先抢眼,海棠无奈把春偷。

二〇〇九年正月十六日

捣练子

茶簇簇,柳依依,草色青青鸭满溪。红叶新题随碧水,情人家住小城西。

二〇〇九年二月十四日

西江月·井冈山

踏访井冈春色,我心快意滔滔。夭桃灼灼遍山坳,竹外一枝最俏。　　极目黄洋险处,风光更加妖娆。炮声隐隐震云霄,报道神州春晓。

二〇〇九年二月二十三日

眼儿媚·三亚

椰风蕉雨醉琼崖，燕子碧空排。飞船驭海，水波无际，浪卷云开。　　黎乡四季芳春驻，海角胜瑶台。天涯处处，花奇果异，露种霞栽。

二〇〇九年二月二十五日

桃园忆故人·与赵子牧初逢桂林桃源有赠

桃花源里何人住？曲水绿杨红树。灼灼桃花香雨，几许烟村路。　　黛峰头上蒙蒙雾，溪岸结庐绣户，曾是渊明停渡？子牧书斋处。

二〇〇九年二月二十七日

鹧鸪天·桂林象鼻山

春雨霏霏象鼻山，单衣楚客正欺寒。三花两盏添豪气，远近高低亦可攀。　　乘酒兴，过渔船。临风题句意阑珊。象君试问来何处，鼻吻清波多少年？

二〇〇九年二月二十八日

扬州慢·枫香坡

　　胜日寻芳，枫香坡上，妍姿妙态无双。看桃云李雪，兼嫩柳初长，好去处，藤篱茅舍，画楼幽馆，玉露茶乡。笑声欢，谁家娇娃？嬉戏村旁。　　青春一晌。且偷闲，抛却尘缰。怅翠减红衰，春宽梦窄，枉费思量。莫管生前身后，君休误，眼底流光。唤香茗添满，何妨漫学疏狂。

二〇〇九年三月二十日

金缕曲·以词代父墓志铭

　　百度光阴迭。蓦回头，崎岖已惯，鬓丝霜白。壮岁从戎真气概，恨不拼腔沸血。运不济，丹心难灭。乐种南山耕北亩，秉家风、君子谦谦节，曲与直，襟如雪。　　父生辛巳安寒热。性斯文，礼贤桑梓，纳人容物。恶语脏言皆绝口，俭服粗衣纪洁。教子女，殷殷情切。花甲忽将烟酒别，苦用心，更向何人说？格与德，共明月。

二〇〇九年五月二十三日

金缕曲·以词代母墓志铭

厚德青天睹。母身恩，山高难拟，海深难诉。子幼家贫撑门户，谁识酸甜辣苦？逆与顺，何堪重负。淡饭粗茶烹巧手，纵菜根，也教休停箸，简与陋，和心煮。　　待人接物真情予。性刚强，平生不惧，万千云雾。铁嘴热肠非与是，由得他人猜度。坦荡荡，乡邻多誉。世态炎凉皆已惯，最难忘，汗湿双肩处，苞谷籽，换金缕。

二〇〇九年五月二十三日

清平乐

含烟吐翠，触目千峰瑞。影没林深心事碎，露滴清莹似泪。　　一溪风月如钩，钩丝缠满新愁。可恨相思不尽，眉梢眼角心头。

二〇〇九年七月十八日

浣溪沙·秋登五峰山念远

木落清江带玉流，五峰枕碧半城秋。澹烟迷雨失施州。　　西望桃源何处是？书成雁去不堪愁。恼人天气莫登楼。

二〇〇九年八月十九日

浣溪沙

白鹭翩飞恋画枝,断荷残影曳秋池。前村白酒正香时。　　且约青山来见我,转随流水慢吟诗。多情似月有谁知?

二〇〇九年八月二十日

浣溪沙

豆角瓜秧绕宅栽,葡萄缀玉引蜂来。绿杨翠竹掩楼台。　　石浅溪清鱼自乐,蜻蜓戏水两相猜。小村芳径野花开。

二〇〇九年八月二十六日

浣溪沙

闹市尘嚣暑不休,名熙利攘俗人求。村南村北觅清幽。　　林下秋阴凉若水,山中高卧似忘愁。惊雷不到梦心头。

二〇〇九年八月二十七日

清平乐

　　春心堪省，处处杨花影。燕子呢喃云外听，莫道相思是病。　　轻寒犹待新晴，蓬窗雪霁精神。看取山前绿水，迢迢芳草青青。

二〇一〇年一月八日

西江月·赠柳茂恒

　　问候青龙河畔，依依杨柳堆烟。几番暗约又明年，恨不相期晤面。　　早慕云停诗就，才情德艺双妍。高风驻野慰遗贤，吟出心香一片。

二〇一〇年一月十六日

车行绿葱坡冰雪道中

　　谁吹翠管天河怒？朔风紧，彤云布。雪冻苍山冰覆路，绿葱凝玉，琼芳飞絮，陌上银蛇舞。　　行人犹恐佳期误，偏向寒凌险中去。无奈归程车遇阻，眉头微蹙，愁怀轻著，警民来相助。

二〇一〇年一月二十二日

望江南·庚寅元春十咏

(一)

冬逝也，芳草吐新芽。己丑扬蹄送腊去，庚寅长啸震迩遐，莫负好年华。

(二)

桑梓美，户户唱欢歌。红纸双裁联喜对，青醪一盏笑颜酡，泼墨换香鹅。

(三)

儿童乐，年少性纯真。撒豆张笼麻雀缚，雪堆瑞犬戏行人，清冷画图新。

(四)

歌一阕，胜友颂词新。电语流空惊步韵，漫天春雪羽纷纷，意畅共青云。

(五)

残雪尽，春色醉农家。爆竹烟花开次第，寒梅照水一枝斜，杯酒话桑麻。

（六）

檐前燕，相约别南楼。软语报春传电信，娇声贺岁寄情稠，千里视屏收。

（七）

梅儿俏，喜鹊闹喳喳。嫂试新妆呵玉镜，心随夫婿拜娘家，双颊染红霞。

（八）

溪声涨，时雨润山陬。垄上麦苗翻绿浪，野田青翠卷平畴，紫燕放春讴。

（九）

东风暖，墙角绿芭蕉。昨夜残寒犹退尽，和风润物语娇娇，春水吻溪桥。

（十）

春永驻，翠羽颂尧天。日暖城乡无别样，人勤何处不丰年，瓜果四时鲜。

二〇一〇年二月十四日

踏莎行·依原玉奉和柳茂恒公

柳眼含烟，杏腮带露。风过竹影婆娑舞。翩翩戏蝶逐芳丛，贪花惹得蜂来妒。　　四美生春，二难并户，明珠在野知音顾。渔樵耕读送晨昏，逍遥不羡青云路。

二〇一〇年二月二十八日

踏莎行

雨失遥山，烟笼柳絮，梨花楚楚香魂去。行人拂袖踏溪桥，清波照影三春羽。　　燕啄新泥，莺迁暖树，牛鞭抽碎田间露。重重绿浪眼心阗，霞光不肯流光误。

二〇一〇年二月二十八日

霜天晓角·梅

老枝新萼，雪里春先觉。是处冷香飞动，冰心发，梢头著。　　年年芳信约，花期偏有脚，不与夭桃争赏，君意许，佳人托。

二〇一〇年二月二十日

霜天晓角·兰

　　数茎绿叶，不肯幽香绝。一品君心如玉，春欲破，玲珑雪。　　东门谁与折？移窗同对月，室有清风吹梦，孤芳尽，情难灭。

二〇一〇年二月二十四日

霜天晓角·竹

　　庭前新植，寒暑苍颜碧。风送清声怡梦，骄阳炙，清阴侧。　　芳邻松菊石，虚怀君子德，固本空心贞节，虽草木，高人格。

二〇一〇年二月二十八日

霜天晓角·菊

　　清寒吹彻，莫道芳菲歇，最爱篱东秋色，金蕊放，花如雪。　　落英飘玉屑，霜枝怜晚节，屈子行餐歌路，空怀抱，一腔血。

二〇〇九年十月十二日

鹧鸪天·施州初逢词家周笃文先生

燕送东风万里遥,更将春色动情豪。京腔赋就中华韵,壮我诗魂腾碧霄。　　游胜景,宕心潮。喷虹吐玉彩云飘。笔摇星斗施州落,化作清江滚滚涛。

二〇一〇年四月十六日

水龙吟·暮春海棠

残红抛送流光,海棠零落春无翼。蜂停蝶去,留春不住,满园岑寂。倩影香魂,依稀梦里,故人消息。唯离情别绪,愁丝恨缕,潇潇雨狂风急。　　忍把羸枝修葺。待来年,化身万亿。移床邀酌,樽前燃烛,盆边吹笛。坡老知音,恐深睡去,醒时难觅。纵暖烘花发,此芳独占,一春颜色。

二〇一〇年四月二十日

浣溪沙（二首）

　　庚寅立夏将至，余应柳茂恒公相邀，赴青龙河冬桃斋与诗家柳枝印公、雷成文君相聚，诗酒唱和，不胜欣喜，调成浣溪沙以纪。

（一）

　　水曲山横路径迷，悬崖险壑任高低。此心早向彩云栖。　　欲问桃斋何处去？桥边青瓦掩芳枝。一庭柳色一庭诗。

（二）

　　幽壑林泉托此身，栽蕉植柳复栽云。清风爱我远芳尘。　　一幅丹青谁画得？堂前屋后叫声频，山花山鸟两相亲。

二〇一〇年五月一日

满江红·庚寅立夏年届不惑感怀

四秩光阴，屈指算，半生碌碌。慨年少，好高追远，挑灯勤读。壮岁扬风偏跌宕，青春击浪安寒曝。志弥坚，虽百折千回，胸怀竹。　　情无罪，情难赎。心有欲，心难足。叹炎凉世态，亦歌堪哭。但得人间存道义，长将律法烧明烛。啸声疾，举目望苍穹，飞鸿鹄。

二〇一〇年五月五日

西江月·咏镇纸

出自书香门第，从来不要人夸。池边寸纸起烟霞，一镇山川入画。　　友结文房四宝，心交墨客词家。情痴案几度年华，有我平添风雅。

二〇一〇年五月三十一日

浪淘沙·古琴台

细雨访琴台，思古伤怀。清风明月几时来。流水高山真去也，岂不堪哀？　　碑净了无苔，玉石青阶。谁将松柏院中栽？记取当年牵手处，红了香腮。

二〇一〇年七月八日

浪淘沙·寒山寺怀古

夏日倚寒山，拜佛参禅。枫桥柳岸泊情船。不是张郎遗恨客。休唱霜天。　　古寺换苍颜，诗越千年。钟声闻罢怎成眠？可惜佛门清静地，香火烦喧。

二〇一〇年七月十日

鹊踏枝·西湖

楼外青山谁会意？水满平湖，相对凭栏倚。执手遥看初雨霁，一池菡萏烟光里。　　碧浪清波舟可济，翠柳摇风，且听莺声细。独爱眼前人妩媚，断桥伞下殷勤寄。

二〇一〇年七月十四日

浪淘沙·咸丰四洞峡

何处觅清幽？酷暑难休。如今遍地暗尘浮。坪坝营留方寸地，好作闲游。　　林茂鸟声稠，曲峡深流。野花开谢不知愁。一壑涛声惊四洞，寒上心头。

二〇一〇年七月二十四日

石州慢·花坪黄鹤桥秋日寄兴

　　碧水横陈，幽壑锁岚，秋意空阔。千寻石壁嵯峨，万仞云峰明灭。枯松翠桧，蔓倚藤挂悬崖，山禽拣尽高枝歇。娱耳鸟声繁，荡胸生风月。　　心折。险关雄栈，古道回峦，鹤桥犹缺。何处遗踪？玉笛楼中吹彻。披襟揽胜，俗念一缕轻烟，眉梢舒展融冰雪。极目送飞鸿，豁然青天越。

二〇一〇年九月五日

减字木兰花·北京香山

　　飞霜凝露，彩笔新题诗国树。雁点云天，风举缆车向岭悬。　　暮寒欺袖，情共鹣鹣双影瘦。一叶飘红，始觉寒秋意已浓。

二〇一〇年十月三十一日

菩萨蛮·参观沈阳张氏帅府

　　百年兴废千秋史，丹心不绝英雄志。东北易青旌，血溅老虎厅。　　西安惊事变，身陷折翅雁。铁骨伴柔情，寒灯夜雨明。

二〇一〇年十一月十日

菩萨蛮·瞻"九一八事变"纪念馆

巍巍碑馆书残历,警钟长使心头激。倭寇犯中华,国亡岂有家? 雷霆驱鬼魅,日落秋风里。外辱恨难忘,吾侪当自强。

二〇一〇年十一月十日

菩萨蛮·长白山观雪

云腾雾幻层峦叠,银河吐玉千堆雪。林海挂寒冰,一泓池水澄。 凭高知俊赏,登览幽怀壮。岳峙傲苍穹,渊渟十六峰。

二〇一〇年十一月十一日

菩萨蛮·白桦林抒怀

寒摧落木萧萧雪,根坚骨挺西风烈。材美质堪殊,桦皮传四书。 荣枯酬岁月,身折心如铁。何必祷苍天,再生五百年。

二〇一〇年十一月十一日

菩萨蛮·夜宿长白山下二道河镇

纷纷大雪当空舞，流泉断玉冰封路。蓦听乱鸦啼，一川烟树迷。　乌云遮不住，休教西风误。何处更葱茏，笑看长白松。

二〇一〇年十一月十一日

菩萨蛮·延边图们市朝鲜边境有感

图们口岸风情异，寒山谢顶谁人剃。江畔伫高楼，残垣破壁留。　延边光景好，沃野林中宝。长袖舞康庄，放歌阿里郎。

二〇一〇年十一月十二日

菩萨蛮·哈尔滨

雪飘北国山河壮，松江流玉春潮涨。阿勒锦冰城，英雄遍地生。　昔年遭杀戮，族弱人如畜。谁愿动干戈？勿忘防大和。

二〇一〇年十一月十四日

菩萨蛮·哈尔滨太阳岛

水环三面寒波叠,银妆一岛梨花雪。夺目赏冰雕,琼芳凝玉梢。　　江山多胜景,我自留清影。半醉得佳眠,寸心天地间。

二〇一〇年十一月十四日

菩萨蛮·北大未名湖畔抒怀

未名湖水冬波绿,小园荒径开霜菊。又见柳依依,七年不可追。　　而今王谢燕,飞入寻常院。别后路迢迢,何堪珠泪抛。

二〇一〇年十一月十五日

菩萨蛮·自京回鄂重过黄鹤楼

遍登杰阁心难足,归看黄鹤江滨矗。古迹誉千秋,神州第一楼。　　楚天山水阔,胜地多英物。到此畅清游,凭栏烟雨收。

二〇一〇年十一月十六日

点绛唇·首次乘火车自恩施赴武汉感赋

曾几何时，巉岩叠嶂愁难度。雪欺雾阻，银雁征程误。　　今日关山，桥隧连珠去。清如许，笛声鸣处，意气和云蠹。

二〇一一年一月十三日

渔家傲·庚寅除夕

歌满清江腾碧浪，霓虹耀彩春雷响。兔下蟾宫惊胜赏。抬眼望，烟花爆竹争相放。　　节遇高邻心气爽，今宵贺岁开佳酿。拱手豪言夸海量：喝二两，花腮红面知何向。

二〇一一年二月二日

少年游·辛卯元日咏怀

窗前又是，软风吹雪，江水照梅花。芳草新绿，燕儿重到，岁翼送年华。　　名霜利露，等闲身外，浑管落谁家。不老情天，诗心犹健，淡定亦堪嗟。

二〇一一年二月三日

唐多令·辛卯清明，余与左全、光宪诸君花坪小西湖踏青得句

山色半塘收，群鸭戏浅流。数峰青，烟染重楼。细雨斜风花满树。春草碧，燕声稠。　　世事总沉浮，生涯付一瓯。望江龙，何幸诗俦。遥唤玉华芳永驻，西湖小，胜名留。

二〇一一年四月四日

西江月·游清江画廊至野三口遇鸥戏作

两岸青山吐翠，一川碧水分流。野三峡口问沙鸥：肯结清安为友？　　鸥睨笑而不答，悠然抱羽洲头。虚名蝇利俗人谋，谁把情关勘透。

二〇一一年四月十五日

采桑子·水布垭采风得句

一江破峡春波阔。垭上葱茏，坝锁蛟龙，蓄送光明势若虹。　　山藏别趣寻常貌。地府中空，谁弄神通，把个天宫肚里缝。

二〇一一年四月十五日

望海潮

　　清江，古名夷水，亦名卟水。因河水清澈而得名。始见《禹贡》，详记于《水经注》："夷水，即佷山清江也，水色清照十丈，分沙石。蜀人见其澄清，因名清江也。"清江发源于利川市齐岳山龙洞沟，流经利川、恩施、建始、宣恩、长阳，在宜都陆城注入长江。全长423公里，有"八百里清江"的盛誉。据传，明代诗人童昶曾有诗云："清江水浅蜀水深，蜀水没有清江清。清江若有蜀水大，此水当擅天下名。"辛卯春，恩施州诗词楹联学会组织采风，畅游恩施清江画廊，余有幸一同前往，深觉清江画廊，名至实归，遂成游戏文字，调寄《望海潮》。

　　清江灵胜，清波云影，清名远出经诗。清客一船，清风一管，清流一曲清词。长峡浴清晖，夹岸开清景，绿绦清蹊。斯地清明，漫天清气绕芳菲。　　画廊何处堪奇？有锦鳞吹浪，野鸟幽啼。蝴蝶化崖，猿猱挂壁，层峦翠耸参差，千瀑幻悬溪。石屏垂水面，竹树烟迷。泼墨丹青难拟，吟赏已忘归。

二〇一一年四月十五日

高阳台·瞻西山黄叶村曹雪芹纪念馆

竹树蓬蒿,河墙烟柳,古槐云盖清嘉。曲径苔深,黄叶村里人家。梧隐鸾凤松栖鹤,掩重门,碧草飞花,看西山,顽石钟灵,文脉无涯。　　从来雄杰多磨难,纵月灯破壁,粥影犹奢,傲骨男儿,琴心剑胆堪嗟。千秋一卷红楼梦,更消他,十载风华。好曹公,腕底惊涛,笔吐丹霞。

二〇一一年六月十九日

青玉案·秋兴

无涯秋色荆关画。近水碧,遥山赭。雪浸三冬春复夏。浅深浓淡,红飞黄舞,夕照烟生瓦。　　穷乡有景游踪寡,应识风光满天下。荣辱兴衰终自化,每逢登览,心宽物己,悲喜由人罢。

二〇一一年十一月五日

鹧鸪天·回乡过岁感赋

雪满群山气势雄,花坪春色有无中。寒梅照水清香发,瘦竹临风霜影重。　联墨妙,彩灯红。乡间腊味此番浓。休言岁月催人老,且饮村醪三两盅。

二〇一二年一月二十二日

临江仙·渝利铁路采风得句

野水奇峰千万景,骚人已动吟情。翩翩翠尾剪清明。桃花开灼灼,柳色正青青。　百载相思圆了梦,何愁天路难征。巨灵挥斧壮图成。关山依旧险,来往客身轻。

二〇一二年三月二十七日

临江仙·站台

烟雨迷离笼小站,春花不忍飘零。送君东去我西行。依依频转首,软语细叮咛。　剪剪双眸秋水涨,此台别样温馨。声声汽笛促归程。相逢无一句,窗外听三更。

二〇一二年三月二十七日

临江仙·感怀

零落杏花三月雨，墓园斜坠残英。莺莺燕燕过清明。柳边春色老，云外晚雷轻。　　世事如棋多少局，谁能放下输赢。忍将得失寄心情。休看风水好，剩有几抔青。

二〇一二年清明

临江仙

烟封鹤岭，雨洗层峦，云腾深峡，雾锁关山，观雾中朝东岩，感时事之多艰。

滚滚云涛连晓雾，朝东莫辨真容。迢迢前路险重重。危岑遮望眼，何处问穷通。　　向晚烟消云雾散，山川还我葱茏。晴光影照画图中。天涯身似客，魂梦与君同。

二〇一二年四月二十四日

临江仙·登岳麓山爱晚亭

岳麓有亭名爱晚，今番携酒来游。玲珑危石伫高丘。檐飞丹壑俏，枫醉白云羞。　　遥想书生谈笑里，潇湘淘尽风流。峥嵘岁月壮心酬。溪声无俗韵，山色自清幽。

二〇一二年五月十四日

南乡子·游邛海

城外数峰青，云影天光共鉴明。风摆荷裙连岸柳。亭亭，一伞撑开十里晴。　　且住且徐行，误入渔村暮色暝。雨过芳尘无觅处。盈盈，归去残更梦不成。

二〇一二年五月二十七日

临江仙

　　李公名宪，湖北花坪镇人。少入军营，后转业定居羊城。公好读书，有书房名"深山净土斋"，取"读书方为净土，闭门即是深山"句意。壬辰初夏，余借出差羊城之机，夜与公畅谈于书斋，有词《临江仙》以纪。

　　南国琼楼连广宇，珠江稳泛云舟。粤中胜境任优游。天风吹碧树，海雨洗尘愁。　　阔别乡音终未改，殷殷不尽觥筹。残灯照影米兰柔。书斋藏净土，闹市隐清流。

二〇一二年六月七日

南乡子·望城坡

　　独立望城坡，万壑风驰万壑歌。四面葱茏来逼眼。嵯峨，郭外群峰卷翠波。　　飞鸟与天摩，云底游鱼戏碧荷。几树红枫霞冉冉，婆娑，曲径亭亭绿鬟多。

二〇一二年六月十五日

临江仙·武当山纪游

雾失苍崖悬鸟径，有谁到此能攀？人生何处不艰难。问津关帝庙，访道武当山。　　七十二峰朝大顶，茫茫一柱擎天。丹墙翠瓦倚危巅。云深归去晚，抱月对星眠。

二〇一二年六月二十七日

沁园春·橘子洲感怀

览胜登临，衡岳之阳，橘子芳洲。正芙蓉气爽，云兴霞蔚。潇湘水阔，浪滚烟浮。天地钟灵，于斯犹盛，麟阁群星青史留。涛声里，更千帆竞发，百业争讴。　　江山久置心头，恨剑影刀光舞不休。笑鸡徒鼠辈，虾王鼍霸。贪心叵测，窥我金瓯。华夏兵锋，挥鞭卫海，破贼相期解国忧。凭吊处，看毛公风采，电射神眸。

二〇一二年七月十二日

水调歌头·酬吴军朝阳观席上留句

九野开新宇，七夕净秋空。指看苍嶂形胜，果尔业州雄。园外澄波流玉，园内雕楼轮奂，俯仰境无穷。月上云天阔，满地露华浓。　　歌一阕，争击节，饮金钟。吴郎笔力清健，豪气势如虹。惯见人情世态，惯见崎岖世路，不见染尘容。万里长风举，折桂在蟾宫。

卜算子·自渝夜航乌鲁木齐飞机上有作

秋夜太空飞，亿万星垂幕。欲宿犹忘哪颗星，暂借寒宫住。　　浩宇漾清辉，妙境知何处。仿佛银河转九天，俯看鱼龙舞。

二〇一二年十月九日

酒泉子·达瓦昆沙漠感怀

大漠风光，四十年来图画看。黄沙万里欲浮天，思接水云间。　　白杨劲挺荒滩里，红柳丛生盐碱地。驼铃古道足音传，丝路梦魂牵。

二〇一二年十月十一日

念奴娇·登昆仑山遥望"冰山之父"

　　峣峣巨柱，玉昆仑，阅遍古今空阔。雄极八荒三亿载，堪叹鬼施神设。陵谷沧桑，风云跌宕，地老长河竭。乾坤浩瀚，独标尘土星月。　　此番得见威容，相看莞尔，须发皆冰雪。我欲问君忧患甚，底事终年寒彻。律法无欺，官贪绝迹，抑或金瓯缺。仰天舒啸，从来天意难说。

二〇一二年十月十二日

酒泉子·天山

　　美矣天池，引得游人争胜赏。云峰雪照泛明霞，寒岭著轻纱。　　一泓碧水清心镜，半点凡尘不留影。江山容我任登临，取次涤胸襟。

二〇一二年十月十五日

浣溪沙·壬辰除夕母亲病床前感吟

　　万木霜欺不与论，一枝破雪露芽痕。俨然生气满乾坤。　　我愿天风能去病，亦求春雨可除尘。苍松玄鹤长精神。

二〇一二年十二月二十九日

梅花引·癸巳春回乡杂感

晓来春雨挂檐前，雨声喧，鸟声喧。草入帘青，篱外海棠鲜。吹面不寒襟袖湿，对清影，鬓苍苍，忆少年。　　忆少年，少年歌在田。蚕月天，放纸鸢。醒也梦也，眨眨眼，风度翩翩。驹迹难寻，影事杳流烟。邀得儿时三五伴，携白酒，解诗囊，夜忘眠。

二〇一三年三月一日

清平乐

癸巳清明前夕，回乡插青，与乡邻诸贤达会饮于李公荣新家，见窗前一树梨花，蜂儿穿梭，幽香阵阵，日照如雪，春意盎然，喜而赋之。

层层叠叠，又见琉璃叶。满树梨花堆白雪，正是清明时节。　　几只天使嗡嗡，辛勤不负东风，捧出蜂糖美酒，一杯小院春浓。

二〇一三年三月二十七日

南歌子·黔中天台山怀古

平地孤峰起,蜿蜒一线通。崖间古木引清风,杖履攀临倚阁眺苍穹。　　偶作天台客,曾为万马雄。美人香草散尘红,空剩斜阳倦鸟一楼钟。

二〇一三年四月十三日

水调歌头·黄果树瀑布

几度梦黄瀑,谈笑入黔中。烟光岚气如画,弥眼尽葱茏。百万重峦深处,十里天风传送,虎咒啸晴空。转见银河水,激浪泻苍穹。　　捣玉碎,崩崖堕,雾蒙蒙。碧潭飞沫翻涌,苔绿挂帘宫。春瀑悬琴鸣凤,冬瀑流晶耀雪,秋瀑势腾龙。夏瀑奔雷吼,扬我亚洲雄。

二〇一三年四月十三日

金缕曲

　　据载，作为国内保存最完整的清代恭王府，诗词文化由来已久。始于恭亲王时期盛于民国的恭王府《海棠雅集》，后经辅仁大学校长陈垣先生倡导，王国维、余嘉锡、陈寅恪、鲁迅、顾随、张伯驹、沈尹默等名宿巨擘多流连于此，互有唱和，极尽风雅。适值癸巳春日，西府海棠含苞欲放，周老笃文先生受文化部恭王府管理中心邀请，至府中吟诗、抚琴、听曲、赏花，共襄《海棠雅集》。周老手捧叶嘉莹先生新词《金缕曲》，不由忆起当年陪张伯驹先生赏海棠之乐事，遂次韵庚和。余欣得周老将叶嘉莹先生、刘梦芙先生及其唱和之《金缕曲》寄示，不揣浅陋，步韵一阕，兼贺癸巳《海棠雅集》之盛会。

　　潮涌三江水。沐天恩，乾坤骀荡，正逢新纪。紫燕衔来金缕曲，满眼春光明媚。心中慨，清音振起。国运绵延斯民幸，仰周公，已把豪情寄。妙笔吐，词章美。　　骚人荟济京城里。惜红妆，抚琴成韵，解花吟意。淑态幽姿香郁郁，枝上胭脂烛泪。今雅集，风流文字。万树海棠堆锦绣，遍神州，不独王侯邸。开盛世，山河丽。

二〇一三年四月二十日

鹧鸪天·鹳雀楼

九曲黄河日夜流，奔雷卷雪溉春秋。经天纬地中华梦，跃上葱茏弥望收。　　新永济，古蒲州。无边风景豁双眸。名贤巨擘知多少，到此高吟鹳雀楼。

二〇一三年六月十二日

玉楼春·秦淮河

金陵自古兵家地，虎踞龙盘王者气。六朝粉黛雪肤妍，十里秦淮烟水腻。　　笔端多少风流戏，才俊名芳争献艺。桨声灯影越千年，时见堂前新燕至。

二〇一三年六月二十七日

渔歌子

风定云开暑气收，空山新雨鸟声稠。青吼吼，绿幽幽。溪喧鱼跳不须钩。

二〇一三年七月三十日

蝶恋花

癸巳重九，蜀中登高，游五彩池，览黄龙秋色，吟赏红叶黄花，步韵赓和巴山狂士《蝶恋花》（重阳）。

阿坝登高君与说，激赏黄龙，正是重阳节。霜叶菊花吟醉舌，池生五彩映秋月。　灿若春光不忍别，伫望危峰，吾辈多英物。莫道伏流苍壑咽，一朝破谷涛如雪。

二〇一三年十月十三日

醉花阴·九寨沟秋色

九寨奇山生异水，真是风光美。湖影幻云霞，万木缤纷，岭上秋波媚。　暮闻羌笛情难寐，好个娇阿妹。彩袖舞锅庄，青酒琵琶，眼角流波醉。

二〇一三年十月十四日

鹧鸪天·遣兴

一夜秋风歇众芳，萧萧落木舞苍黄。云天遥缀南征雁，回望关山思绪长。　心忐忑，意彷徨。镜中鬓发早飞霜。盎然幸有篱东菊，蕊绽清寒浮酒香。

二〇一三年十一月九日

画堂春·甲午新正倒春寒遇雪有作

　　阳回气暖正氤氲，红桥紫陌芳尘。春寒逆转到前村，梅雪缤纷。　　又是一年忽过，千般心事无痕。江山长见物华新，莫负清樽。

二〇一四年二月七日

画堂春

　　岁在甲午，三月初八，"泉城"济南。鸢飞鱼跃，游人熙熙；湖山辉映，春光泄泄。诗词家杂志社同仁与济南名士雅集陶然楼，把酒侑诗，追先贤之遗风，畅今人之文怀，调寄《画堂春》以记。

　　湖山相约济南游，鸢飞鱼跃芳洲。柳舒花放任勾留，水曲波柔。　　历下流泉听韵，诗家胜似王侯。高贤名士宴陶楼，放抱清讴。

二〇一四年四月七日

盐角儿

赤炎三夏，薰风五月，群芳畏热退隐，园中石榴盛开，红花紫火，绿叶喷烟，心甚喜之，调寄《盐角儿》以记。

金乌吐火，净瓶吐火，烟霞招我。梅开怒雪，榴开酷暑，众芳皆躲。　石旁栽，溪边卧，蜂房玉珍枝间鞸。子如齿，奇花宝树，真乃九洲名果。

二〇一四年六月七日

踏莎行·景阳村晓

狗吠星稀，鸡鸣村晓。十乡八里醒来早。庭前丹桂正芬芳，溥溥清露花间跳。　绿水逶迤，青山缥缈。景阳秋色枝头闹。野田杂树尽飘红，园中尚有青青枣。

二〇一四年九月二日

鹧鸪天·江油怀李白

仗剑辞亲作远游，天生侠骨亦情柔。匡民自有经纶志，报国偏逢歧路忧。　诗绝妙，酒风流。笔摇五岳傲王侯。骑鲸捉月飘然去，千载江山谁与俦。

二〇一四年九月二十五日

鹧鸪天·窦圌山

九月川中好壮游，圌山秋色自清幽。丹崖问道耕樵侣，翠阁寻仙猿鹤俦。　　风淡荡，鸟唰啾。空亭待客紫烟浮。云梯疑上南天阙，醉卧农家小画楼。

二〇一四年九月二十五日

浣溪沙

应邀参加中华诗词学会与人民出版社联合主办《周笃文诗词论丛》出版座谈会暨晓川先生八秩华诞，口占。

最爱金秋桂吐香，群贤意畅诵华章。宏辞富旨润枯肠。　　笔浪轻翻云水荡，诗情遥共远山长。画堂寿永酌琼浆。

二〇一四年九月二十八日

卜算子

　　早起，秋雨霏霏，登楼四望，烟霭迷蒙，一片清寒。惊见阳台海棠，落叶纷披，孤花楚楚，泣露滴珠，不胜娇羞之态。怜之爱之惜之，恁不赋词寄之。

　　颤颤叶儿飞，楚楚花儿俏。若是秋风扫落花，带露枝头耀。　有意懒争春，独向霜天笑。纵是秋风扫落花，不负相思了。

二〇一四年十月二十一日

鹧鸪天·登巫山神女峰赏峡江红叶有句

　　神女峰奇幻亦真，风鬟黛影莅凡尘。碧江婉转波犹叠，红叶婆娑岭欲焚。　珠似玉，月如轮。巫山云雨梦缤纷。襄王一去无消息，滴滴相思杂树痕。

二〇一四年十二月七日

朝中措·寻雪不遇

漫云节候已深冬，暖气自融融。万水千山踏遍，何时得觅卿踪。　　瑶台阆苑，藏花护蕊，不见芳容。待我横吹翠管，只求片玉乘风。

二〇一五年一月十七日

临江仙·乙未除夕感怀

法治恩施春浩荡，东君笑指吟鞭。风清处处好居仙。硒都千水碧，禹甸万花妍。　　雪嫁脂羊梅作聘，樽前急管繁弦。且倾凤酒醉人间。放飞中国梦，歌唱大椿年。

二〇一五年二月十八日

清平乐·乙未元日，电闪雷鸣，风雨大作

风呼羊角，电闪寒心夺。霹雳惊雷天际落，多少贪官失魄。　　倾盆春雨如膏，山川碧透重霄。一俟尘埃涤净，神州处处妖娆。

二〇一五年二月十九日

清平乐

乙未新正,雨酥春暖。青峰翠涧,樱花胜雪。得一清平短调于红土记之

冰清高洁,伴有溪和月。开向春寒无蛱蝶,零落山中胜雪。　　天涯寂寞谁知,枝头野鸟栖迟。若待樱桃破了,何人能解心扉。

二〇一五年二月二十一日

清平乐

昨日吟赏樱花,今喜春雪无涯。仍以清平短调记之于花坪。

轻盈似蝶,陌上纷纷雪。种玉山田虫害灭,笑看游人滑跌。　　知君家在仙宫,年年管领春风。甲午三冬不遇,梅花径里相逢。

二〇一五年二月二十二日

采桑子

湘鄂渝黔四省（市）毗邻少数民族地区诗词联谊会第七届年会在恩施华龙村召开，时逢参观宣恩县水田坝诗词楹联村感赋。

飞花逐水村前绕，不解春情。谁解春情，联袂诗家陌上行。　茶乡谷雨欢声闹，风满吟亭。香满吟亭，四望青山列翠屏。

二〇一五年四月二十三日

鹧鸪天·重游成都杜甫草堂感怀

花径缤纷望眼迷，唐风遗韵郁芳溪。草堂千载如山岳，大庇苍生寒可栖。　忧社稷，任漂离。少陵诗笔与天齐。胸中纵有凌云句，三过蓬门未敢题。

二〇一五年五月二十日

苏幕遮·汪家寨

水拖蓝,山拥翠。水曲山环,真个无由醉。雨洒重峦松竹蔚。阳雀呼晴,一寨含烟瑞。　拭衣尘,心已累。行路骎骎,百种千般味。明月清风才是最。欲寄闲情,且向林泉会。

二〇一五年六月二十八日

苏幕遮·汪家寨避暑得句

乐农家,消半暑。临水登山,野鹤闲云煮。碧峡深流浑不语。只管殷勤,独自天涯旅。　逐飞花,贪酒趣。竹外青桃,缀满高低树。最爱危楼听瓦雨。三五良朋,邀向樽前叙。

二〇一五年六月二十八日

采桑子

　　盖名山大川，雄幽奇险，何分轩轾。泰山之雄，峨眉之秀，华山之险，黄山之奇，名扬天下；长江滚滚、黄河滔滔、西湖烟波、洞庭浩淼，更为宇内奇观，石门河安在哉。乾坤之大，神州之广，胜景无限，不独数山数水也。江南江北，华东华西，自然百态，人文千秋，岂非天赐奇珍、地献异宝乎。建始石门，长掩闺中，集山之奇异，峡之险峻，水之灵秀于一身。素有"施南第一佳要"之誉。自百万年前直立人去后，历史尘封，石门锁谷，倍受千年寂寞。而今幸有佳音公司，慧眼识珠，撩开了石门神秘面纱，让天下得以观其绝代风华，从而开创由山水人文织成的一道靓丽石门古风景观。乙未初秋，余游石门河揽胜，得八阕《采桑子》以记。

　　石门古道秋光好。微雨初凉，菊蕊新黄，一壑枫林斗艳妆。　　千年寂寞无人问。鹤舞鸥翔，水隐山藏，托梦溪边结草堂。

又

　　石门山水原生态。啼鸟回旋，飞瀑流泉，峡谷幽幽一线天。　　清风明月无需买。风起溪边，月挂松间，一步云桥便是仙。

又

　　石门何以称佳要。青嶂排空，翠谷云封，铁笔摩崖第一雄。　　苍藤老树芳菲歇。烟景溶溶，花雨濛濛，古道萧萧萦古风。

又

　　石门胜概扬天下，山水葱茏。化夺神工，一岭横侵势欲东。　　游人归去还惊梦，险栈悬空。绝壁飞虹，身在云梯细雨中。

又

　　石门长掩深闺处，饮露餐霞。绝世风华，留待佳人揭面纱。　　倾城应自还倾国，风致清嘉。灵汉乘槎，君住瑶池第一家。

又

　　石门一卷荆关画。风笔如刀，雨墨如膏，满眼风光着意雕。　　登山观水堪怡性。百卉争娇，万壑争高，到此何人魂不消。

又

　　石门醉忆三冬雪。玉树冰清，粉蝶魂惊，渌水寒澄一鉴明。　　乾坤万里尘犹净，无处禽鸣，不见人行，远近高低一望平。

又

　　平生心向佳山水。松竹为邻，鱼鸟为宾，把盏相看倍觉亲。　　而今更爱佳山水。青霭消魂，碧浪消尘，天赐风光醉石门。

二〇一五年八月十五日

减字木兰花·题石心河大桥

　　重峦深处，野水横陈谁与渡。咫尺云涯，隔岸参差十万家。　　虹桥出世，三载功成心血砌。万里关山，暮宿朝行不再难。

二〇一六年一月四日

减字木兰花·自恩施赴成都办案途中有怀

冬云密布,雪压危峰冰覆路。高铁如龙,吐纳关山几万重。　　闻鸡又起,多少征程风雨里。重任担肩,长使胸中日月悬。

二〇一六年一月十日

蝶恋花·大寒

寒至坚冰冬已暮,岭上梅花,已把芳馨吐。江水无波沉尺素,初闻雪满家山路。　　收拾心情乡下去,青瓦红炉,依旧生涯处。春酒频斟杯作主,东君暗潜寒门度。

二〇一六年一月二十日

鹧鸪天·初夏造访影珠山(二首)

(一)

又见莺飞四月天,暖风薰沐影珠山。湄溪绕向芳村外,竹树环阴碧瓦间。　　花落落,蝶翩翩。日长睡起又思眠。庄周晓梦无寻处,不若瓯茶半日闲。

（二）

衡岳钟灵日夕佳，芝兰瑞气接云霞。松篁遍植南仑里，鸥鹭闲飞野水涯。　　天瑷碟，地清嘉。影珠排闼晓川家。阶前碧草流萤雨，夜籁声中听虎蛙。

二〇一六年五月十四日

减字木兰花·岁次丙申二月十五日初仁先生六十六寿诞有寄

玉阶遥献，七秩光阴快似箭。每见如初，采采昂轩酒一壶。　　仁心不老，书事长修名利少。霜鬓飞扬，肯爱殷勤付锦章。

二〇一六年三月二十三日

水调歌头·文斗

美矣游文斗，卓尔伫云端。俯看天际丘壑，凛凛不胜寒。五郡南屏北卫，一水西流东注，虎踞襟龙蟠。笔架雄千载，晴雨涌诗澜。　　酒已倦，情未老，铗休弹。人生多少歧路，心路最难攀。休怪莼鲈风味，堪笑溪边鸥鸟，鬓雪似清安。但恐黄粱梦，辜负此湖山。

二〇一六年七月九日

水调歌头·律师

法本从如水,律者亦关情。师应兼济天下,肝胆付苍生。上溯春秋千卷,俯察尘凡万类,患在失公平。正道多荆棘,权杖恣横行。　　大丈夫,当豪气,耻沽名。初心犹自勿改,信仰岂能倾。舌绽风云激荡,笔扫弥天霾雾,谈笑罢雷霆。三尺干将剑,破匣作龙鸣。

二〇一六年八月二十六日

水调歌头·寄友人开显

世事随流水,人意古今同。一生多少光景,何必问穷通。说甚千秋功业,说甚红尘万丈,身寄太仓中。扰扰名和利,难抵两情浓。　　提得起,放得下,自从容。纵然豪气消减,老去也心雄。任尔烟云开敛,依旧高谈风月,岂可负金盅。潮涨又潮落,不改大江东。

二〇一六年九月二十八日

忆江南·柿子（二首）

（一）

青柿子，结在小山村。叉取一筐活水泡，皮鲜肉脆口生津，风味故乡亲。

（二）

红柿子，累累耀晴空。待到阳春霜降后，山神结彩庆年丰，生意更秋浓。

二〇一六年十月八日

蝶恋花·京城席上答诸诗友

底事成忧兄弃酒，暑去寒来，竹影还清瘦。鬓发缘何霜染透，风流是否仍依旧。　　世态无常须忌口。岁月如刀，难复当年茂。一入红尘千罪受，豪情不减谁能够。

二〇一六年十一月二十三日

鹧鸪天·丁酉新正酒边杂兴

不结诗缘结法缘，此身误入是非天。三千尘网难逃罪，一字公门莫让冤。　　心有欲，律无边。风清可仰镜高悬。笑谈鹿马终成昨，复恐相逢鸡犬年。

二〇一六年十二月二十八日

江城子·悼向大志先生

盛年何忍赴仙乡。别爹娘，弃儿郎。暮云春树，相对各凄凉。诗债从今无处了，欠商量，断人肠。　　墨生五色字生香。笔摇芳，发飞霜。指间烟雨，丘壑砚湖藏。论道还期黄木垭，挹清江，酹千觞。

二〇一七年二月三日

浣溪沙·元夕

急鼓催狮试比高，采莲旧曲唱新谣。龙王淌里闹元宵。　　节到城乡灯似海，人来车往笑声抛。花坪处处涌春潮。

二〇一七年二月十一日

浣溪沙·万州

　　江上群峰势若飞，柳青花白雨霏微。无边春色水萦回。　　昨夜停杯歌不尽，兴阑舞罢旅人归。晓风残梦展双眉。

二〇一七年二月十五日

鹧鸪天·雨水

　　时雨如调万斛羹，天开化景俱峥嵘。柳摇嫩绿花心动，花放新红柳眼明。　　山已润，水初平。濛濛春色影娉婷。好诗欲向郊原觅，一路山程兼水程。

二〇一七年二月十八日

踏莎行·东湖

第八届湖北省律师代表大会在东湖梅岭召开有感

　　山蕴珠光，波涵云影。分明天赐无双景。绿杨深处晓莺啼，一声啼罢千声应。　　缓缓春归，匆匆夏请。鹃花似火开梅岭。律坛才俊啸东湖，满湖风起鱼龙醒。

二〇一七年五月四日

八声甘州·登泰山

丁酉暑月陪晓川师游岱岳，遵命作此调

任天风浩浩壮乾坤，骋目倚栏收。正嵯峨泰岱，苍崖壁立，大壑云浮。怪石长松飞瀑，披发恣仙游。滚滚黄河水，泽沛春秋。　伫足千年御道，叹龙翔凤翥，香火飘悠。纵煌煌青史，霸业几存留。慨兴亡、桑田沧海。纪功名，无字更风流。登临处，荡胸一啸，万籁齐讴。

二〇一七年六月十八日

鹧鸪天·龙马行

极目群峰接翠霞，一泓碧水护清嘉。人穿幽径消尘暑，鸟入芳林享物华。　闲插柳，自浇瓜。午时将困欲呼茶。大田生意争红紫，小镇风情乐迩遐。

二〇一七年八月九日

水龙吟·龙马小镇寄怀

闹红深处农家，望中秋色来轩牖。重峦竦峙，澄波潋滟，山田熟透。翠绕仙居，艳争瑶圃，鸟鸣昏昼。喜晴光骀荡，霢霂优渥，天恩顾，人文厚。　　莫道岁华飘骤。叹行囊，何曾离手。流年暗换，悠悠万事，白衣苍狗。小叶一杯，老烧半盏，等闲身后。遣乡愁正好，烟村竹瓦，鹿朋鸥友。

二〇一七年十一月十九日

一痕沙·晨起出庭，沪渝高速道中

惴惴驱车高速，扑面团团迷雾。春景怅如斯，失参差。　　莫怅参差不见，此去山重水远。日出晓云开，净尘埃。

二〇一八年三月二十六日

一痕沙·记梦

疏雨一帘春晓，帘外莺声啼早。啼破杏花天，梦如烟。　　梦里栖身何处，曾共美人起舞。沉醉听回家，月西斜。

二〇一八年四月五日

减兰·奉题《柽柳诗抄》

青龙吐浪，化作万千新气象。韵列玑珠，水影山光入玉庐。　胸藏丘壑，满纸云霞光铄铄。不负诗心，一卷阳春放胆吟。

二〇一八年四月八日

最高楼·读《柽柳诗抄》寄怀

清江畔，紫燕剪春风。潇洒柳诗翁。遍栽稻菽南山下，广培桃李砚田中。把殷勤，都付与，两葱茏。　慨年少，风流谁不羡。叹年老，精神谁不愿。情万缕，酒千盅。光阴百代皆过客，人生一世类飘蓬。又何妨，归去也，卧篱东。

二〇一八年四月八日

摊破浣溪沙·京城元大都遗址公园见柳絮飘飞有怀

三月春光动客心，杨花拂去还粘襟。翻飞未肯红尘落，任飘零。　应识梢头欢梦短，岂知堤上别情深。天教雨打风吹去，不堪寻。

二〇一八年五月二日

鹧鸪天·章华台怀古

轮奂江天第一台，当年胜概费疑猜。神思渺渺穿今古，楚雨潇潇入梦怀。　　逢上欲，俱堪哀。蜂腰霸业惜湮埋。空余故事供谈笑，联袂游人遣兴来。

二〇一八年五月十二日

减兰·登西安大风阁

风来沛上，卷取黄河千斛浪。风起鸿门，剑气惊飞秦岭云。　　风生泗水，大汉天威加海内，风满穹苍，遥望星空灿未央。

二〇一八年八月四日

中编 绝句

绝句·离别

朔风卷起别离愁，争奈寒鸦叫不休。
望断云山人远去，东风惠顾任回头。

一九九〇年初冬

绝句·访诗翁胡季武感赋（三首）

（一）

访友寻师喜乍逢，芸香阁里话幽衷。
西窗剪烛情无限，赋就新诗兴更浓。

（二）

寒来暑往已三年，全赖征鸿结墨缘。
有幸瞻韩酬夙愿，心舒意畅夜忘眠。

（三）

烹茶沽酒谢诗俦，一见钟情礼遇优。
谊笃忘年携后学，同声相应气相求。

绝句·顽童志可嘉

古树苍藤傍小桥,儿童戏水漾波涛。
雏鹰喜有凌云志,阵阵心潮逐浪高。

绝句·题赠玉庵老人松梅阁

一日,余与左全先生同到玉庵老人处,玉庵老人为自己书斋取名"松梅阁",命余赋诗,欣然命笔。

丹心犹可映斜阳,志在松梅半亩塘。
诗酒余香添墨趣,人生不老尽春光。

绝句·碧柳

烟笼碧柳舞青纱,疑是伊人乘翠霞。
欲唤伊人同举袂,春风送我到天涯。

一九九六年七月

绝句·香江归大海（四首）

（一）

冲天焰火耀神州，寰宇浩歌香港收。
国耻百年顷刻雪，河山还我固金瓯。

（二）

珠还南海逐英酋，涛涌香江驱贼舟。
一国中兴又两制，鸿图共谱展山陬。

（三）

丧权割地国人悲，饮恨香江血泪飞。
雨骤龙腾民族志，中华宝岛喜航归。

（四）

东风怒放紫荆花，漫卷红旗映彩霞。
四海馨香园梦夜，一轮明月共天涯。

一九九七年七月一日夜

绝句

昨夜西风吼，今朝怒雪摧。
山川顷白首，大地响春雷。

一九九七年冬

绝句·题赠松梅老人

教坛离退桑榆晚，余热灯花不计身。
凌雪松梅君自健，丹青愈写愈精神。

一九九八年春

绝句·秋风亭

独上江亭思寇公，亭檐草冷酒樽空。
高风亮节惠千古，道是斯人与我同。

二〇〇〇年四月十一日

绝句·客居胡集镇

夜雨稀疏小镇斜，归心一点结灯花。
浊酒邀亲孤梦里，施南倦客寄他家。

二〇〇〇年七月一日

绝句·天安门广场观升旗

晓日蒸蒸耀曙天，红旗猎猎凛空悬。
神州十亿皆赤子，热血丹心共帜鲜。

二〇〇一年四月十日

绝句·辛巳年振普生日寄怀（二首）

（一）

清风明月寄相知，月影樽前难自持。
欲借纤云凌壮志，风华健笔正当时。

（二）

绿阴盛夏日舒长，淡酒三杯共与狂。
今此良宵君莫负，放言四海是家乡。

二〇〇一年四月二十五日

绝句·颐和园

红藕香清淡暑天，画桥飞絮碧波悬。
轻舟无意昆明浅，景换心移逐柳烟。

二〇〇三年七月二十八日

绝句·有感时下出书热（二首）

（一）

权到巅峰便著书，昙花一梦又何如？
可怜官去身名灭，过尽飞鸿万事虚。

（二）

得与金钱无处花，附庸风雅学涂鸦。
商人不解顽童语，名片赫然诩作家。

绝句·中秋

一轮明月挂梢头，千里同看别样愁。
折桂与君香满袖，相思遥寄心上秋。

二〇〇四年八月十五日

绝句·冬日有作

凛凛霜风白发髭，万千落木意迟迟。
忽如一夜漫天雪，半绿新芽著老枝。

二〇〇五年十一月二十日

绝句·夏日午睡诗成

小睡匆匆午梦回，曛风拂槛彩云飞。
鱼传尺素卿何意，莲动伊人月下归。

二〇〇八年六月七日

绝句·井冈山（三首）

（一）

簇簇群峰映碧空，井冈览胜访遗踪。
几多英烈魂犹在，浩气长存天地中。

（二）

森森翠柏杜鹃红，竹韵松涛情最浓。
忠骨长眠芳草地，长歌一曲吊英雄。

（三）

诗人亦与伟人同，弹雨枪林四面攻。
月照西江千古韵，黄洋界上任从容。

二〇〇九年二月二十二日

绝句·风竹

轻风穿户入疏园，午梦忽闻瘦竹喧。
慢酌香茗同品友，与君悄语小窗轩。

二〇〇九年三月十日

绝句·雨竹

淡雨微痕翠色娇，珠圆玉润挂眉梢。
云横鹤岭流如注，剑指千杆乱叶飘。

二〇〇九年三月十二日

绝句·病中吟（二首）

（一）

故雨敲窗慰病夫，落花不忍下庭芜。
何堪几日春光暮，尚有林阴一半湖。

（二）

病卧南窗何足哀？偷闲静养亦开怀。
书医陋疾花医梦，时不时期冰客来。

二〇〇九年四月七日

绝句·无题

一树新梅待雪开,一春绮梦慰卿怀。
一蜂一蝶无痕迹,一爱清寒一快哉。

二〇〇九年十二月二十日

绝句·题赠综艺斋杨公仁桃先生

杨柳依依纸上栽,墨痕淡洒亦舒怀。
仁心自有筋和骨,桃李春风绘吾斋。

二〇〇九年十二月二十日

绝句·答柳茂恒公

春风邀我景阳行,电语长吟感盛情。
待到山花开烂漫,清明时节报莺声。

二〇一〇年三月九日

牡丹八章·二〇一五年四月二十九日（八首）

乙未暮春，《诗词家》同仁走进山东菏泽。在"当代名家诗笺墨迹"展出期间，菏泽市曹州牡丹园国花竞放，观者云集。观天下牡丹，无论规模之宏，品种之富，菏泽市无疑是名实俱符的"牡丹之都"。据家父回忆，20世纪70年代，菏泽市丹农曾到建始县花掌坡村观摩学习牡丹的种植经验。每忆及此，总觉菏泽与我家乡花掌坡村似有某种情愫相连。然如今走进丹园，夫有憾者，时令难违，诸多牡丹花谢香残；又有幸焉，承蒙名士杨文彬先生慷赠墨宝牡丹图。有感于斯文，凑得牡丹八章以记。

（一）

欲亲芳泽上瑶台，昨夜天香梦里开。
最爱牡丹真国色，名花早向故园栽。

（二）

姚黄魏紫斗芳华，清露团团映晓霞。
红药枝头呈媚态，牡丹开后更无花。

（三）

天姿不愧百花王，素蕊冰心着艳妆。
不与人间夸富贵，只为尘世送清香。

（四）

国花何必费人评，谁占寰中第一名。
草木通灵皆有性，牡丹高格自天成。

（五）

谷雨晨昏玉露寒，数枝浓艳卧阑干。
主人捧出杨湖酒，莫负花心带醉看。

（六）

移根上苑出皇乡，从此丹仙居洛阳。
虽是书家编故事，专权任性甚荒唐。

（七）

风尘一路愧来迟，玉版葛巾心已痴。
零落委泥花满地，香残蕊冷两行诗。

（八）

款步曹园看牡丹，胭脂色减惜花残。
归来细品文彬笔，朵朵墨痕开碧栏。

乙未杂感·乙未三月二十二日，四十五岁生日有怀（四首）

（一）

五九光阴鬓已斑，牢骚满腹或应删。
人生犹似东流水，过了一山还一湾。

（二）

蹉跎岁月自多艰，春梦秋云若等闲。
如此良辰如此景，无诗不酒愧红颜。

（三）

名利无根何必求，波峰浪底惯沉浮。
欲消块垒三杯酒，留取冰心醉里讴。

（四）

也曾心向彩云飞，事每临头总愿违。
过眼滔滔皆不是，方知四十四年非。

二〇一五年五月十日

侍晓川先生冬游黄鹤桥得句

暖日烘霜天气清，云开鹤岭势峥嵘。
江山何幸生辉日，应谢周公策杖行。

二〇一五年十二月三十一日

侍晓川先生游石通洞觅山谷诗石刻不得有感（二首）

（一）

石洞千年存古风，凤冠山上郁葱茏。
崖诗幸有高贤续，斯地钟灵邂两翁。

（二）

石通洞壁觅遗珠，草覆林荒径似无。
手掬涓涓崖下水，诗心得润胜醍醐。

二〇一六年一月一日

洗心泉感怀

盈盈一鉴洗心泉，枉作红尘醒世笺。
若是贪心皆可浣，人间何处不青天。

二〇一六年一月一日

送别晓川先生机场有吟

武陵低唱渭城诗,江畔谁栽杨柳枝。
拍翅穿云千里外,山长水远寄相思。

二〇一六年一月三日

离京道中有怀

依周笃文先生《赴京道中》原玉

驭电追云出冀关,帝京风物梦中看。
妙将雪锦裁天外,心向梅花不畏寒。

又

高张吟帜赖雄才,笔吐珠玑启后来。
国孕春风闻大吕,诗人兴会赋兰台。

又

一身肝胆藉诗传,忧乐当知家国先。
莫笑书生空有志,敢将椽笔写新天。

又

我本恩施愚笨人，欲窥诗径立程门。
影珠昨夜闻仙语，雪浸三冬亦觉温。

又

光阴一刻不曾停，最是难堪离别情。
千里黄云遮望眼，欲知芳讯手机听。

二〇一六年二月一日

诸诗友相邀作客林博园不就，忆及元旦侍晓川先生游林博园时，晓川先生有诗"门前一曲沧浪水"，感而记之。

林博园中忆旧游，天光云影小勾留。
门前一曲沧浪水，引我诗情到贵州。

二〇一六年一月十日

咏荷（三首）

　　游莲湖花园，步曲沼画廊；观池底红鲤，听雨中碧荷，口占三绝以记。

（一）

　　绿裙红萼满池香，一鉴莲湖闹市藏。
　　翠盖青枝开的的，潇潇午雨送新凉。

（二）

　　碧影亭亭仙子身，几番疑作梦中人。
　　一池菡萏烟笼水，吹面清风不染尘。

（三）

　　水色山光映翠微，树阴满地惜芳菲。
　　万荷叶上春归去，唯有蜻蜓款款飞。

二〇一六年六月十九日

题集美丙申处暑茶会

除暑茶方好，秋风暗入庐。
相约西楼上，清心饮一壶。

二〇一六年八月二十三日

立冬办案途中感怀（二首）

（一）

经风历浪走征途，正义存心道不孤。
自有襟怀涵日月，岂因生死惜头颅。

（二）

纷纷暮雪落荒芜，一任寒风四野呼。
解乏停车茶店子，葱煎牛肉小红炉。

二〇一六年十一月七日

哀聂树斌（二首）

（一）

聂案堪称千古奇，真凶谁是费狐疑。
莫将律法玩于掌，天道循环不可欺。

（二）

祸起无端丧此身，回头已是百年人。
沉冤纵使今朝雪，两字如何慰树斌。

二〇一六年十二月三日

自鄂抵京飞机上有作

穿云拍翅上重霄，极目青天咫尺遥。
一瞬光阴来复去，朝游楚尾暮京郊。

二〇一七年一月十三日

南海观潮

惊涛巨浪走长鲸，镇海巡疆任纵横。
凛凛西风浑不惧，中华航舰启新征。

二〇一七年一月十四日

丁酉初七与天文叔、开华、旺盛诸贤于广润河边饮硒珍琼液有作

冰消广润水粼粼，此日人间正立春。
放眼乾坤生意满，一杯琼液长精神。

二〇一七年二月六日

矮寨大桥

矮寨云封不计年，千峰蔽日下成渊。
谁持彩笔当空画，一抹虹飞银汉间。

二〇一七年五月二十五日

贾谊故里咏怀

贾生才调斗星罗，宅里今仍游客多。
千载长怀凭吊处，依然古井静无波。

二〇一七年五月二十七日

访恬园有感

阴阴夏木护清流,黛瓦参差瑞色浮。
月到风来兼故雨,棠坡处处少尘忧。

二〇一七年五月二十八日

火车上读海鸥吟长《水云轩诗词》口占

如履平川高铁驰,偷闲正好读君诗。
风流最爱燕云子,磊磊清名天下知。

二〇一七年六月十九日

蜀南竹海观瀑亭口号

百里秋山卷翠波,人穿竹海仰婆娑。
来从槛外听飞瀑,去引清风发浩歌。

二〇一七年九月二十九日

在京参加扫黑除恶专项工作会议有句

久盼三冬怒雪摧,荡污涤垢待春回。
扫除黑恶流清气,长愿高天听法雷。

二〇一八年二月十日

近日回乡，见门荒径悄、尘掩苍苔。唯几年前书之门联，纸虽剥落，墨迹尚存，心生感焉。拟四句以记之

竹阴犹覆瓦，蛛网欲封门。
何物传家久，千秋墨有痕。

二〇一八年六月十七日

戊戌夏至日，首届湖北省公诉人与律师电视论辩赛律师选手复赛在武汉南湖岸边举行。余忝为评委，拟四句口号以记

岸柳深深蝉正鸣，高楼隐隐滚雷轻。
唇枪舌剑惊风雨，千顷微澜作和声。

二〇一八年六月二十一日

过四渡河大桥

武陵余脉势盘崟，绝壁高张一竖琴。
云拂星挥送天籁，缤纷万象入鸿音。

二〇一八年七月三十一日

下编 律诗

七律·春晨即景

风吹残月落天涯，露浸乡村处处花。
鸟噪枝头惊晓梦，歌飘陇上采新茶。
柴门犬迓过商旅，旷野泥翻卷铁铧。
雾裹烟缠山水碧，无边美景醉农家。

一九九四年春

七律·游花坪五峰山

寻幽揽胜五峰山，鬼斧神工臻自然。
万卷诗书呈妙境，五峰庙宇绘奇观。
风吹翠竹流琴韵，月照飞泉腾紫烟。
谁识蓬莱真面目，弹丸福地早藏仙。

一九九六年九月

七律·言志

正气苍穹放胆讴，平生志旷藐封侯。
寄情醉写松梅骨，处世当交冰雪俦。
未敢位卑务俗事，甘居破屋读春秋。
待时击水三千里，改革涛尖逐浪舟。

一九九七年三月

七律·黄鹤楼

访鹤江城始梦圆，登楼信步上危巅。
浮云片片欲遮眼，浊浪滔滔犹接天。
三楚风云传盛事，九州沧海展新颜。
青莲搁笔吟崔句，我辈挥毫写巨篇。

一九九八年四月

七律·从鄂西赴荆州有感

群山万壑势葱茏，一路轻车画图中。
倏尔盘旋游谷底，忽焉平步上苍穹。
霜前竹翠无尘迹，雪后梅香有鸟踪。
峰尽绵延开视野，江流跌宕阔心胸。

一九九七年冬

七律·鹤峰行

雨洗青山映碧霄，千村翠绿万溪迢。
车飞玉带心花放，蝶戏芳丛人面娇。
未见当年峰舞鹤，但闻今日凤吹箫。
朝朝美酒醉明月，夜夜笙歌溇水桥。

一九九九年春

七律·诗赠唐纯习律师于恩施

傲雪苍松志更坚，经风历浪似庭闲。
秉公执法声威壮，仗义人间利剑悬。
皓首银丝蕴智慧，忠肝赤胆斥权奸。
才名堪比清江水，正气长歌动地天。

一九九九年四月

七律·车次东门关

雄关峻岭险中行，峭壁深渊胆气生。
路陡车旋飞鸟坠，云遮雾绕乱山倾。
历叹蜀道皆难过，今有愚公筑坦程。
回首东门烟雨处，接天盈尺倍心惊。

一九九九年秋

五律·丁亥年除夕忆故人

故人安在否？小别又经年。
寒雪山川阻，春阳欲曙天。
艰辛随旧去，好运与君连。
每忆深情处，举杯共乐然。

二〇〇七年农历十二月三十日

七律·鹏城别小妹秋慧口占

热风吹泪暗轻弹,一样英雄爱似山。
已别鹏城云里路,残痕依旧挂山峦。
青年立志艰辛磨,岂意他乡苦与甘。
忍把离情收拾去,千言万语又无言。

二〇〇八年七月三十日

七律·冬日寄兴兼怀子牧

雁度施州叶正黄,苍云冻雨落清江。
茶闲赋墨张张瘦,酒后吟诗句句狂。
志投桃源仙客趣,情牵漓水未能忘。
每闻短信心先喜,遍地寒梅透雪香。

二〇〇九年十一月十八日

五律·元旦怀人

我爱清芬竹,经霜耐岁寒。
贞姿天下绝,丰骨挺如磐。
桃李春风误,邓通犹可叹。
白头欢梦短,聊寄报平安。

二〇一〇年元旦

奉和柳茂恒公《花甲述怀》原玉

花甲吟诗慨壮年，神驹有迹贯流烟。
浮名不过南柯梦，雅志欣存柽柳篇。
一盏清茶邀友品，满轮秋月为君悬。
遍栽桃李舒春色，百亩浓阴好醉眠。

二〇一三年六月二日

丙申元日寄怀

新岁哦诗情不老，东风醉我绘蓝图。
无边紫气山河异，遍地生涯光景殊。
瑞象宏开中国梦，繁荣换尽大荒芜。
清江叠韵春波壮，万鼓雷轰动上都。

二〇一六年二月八日

丙申元日寄怀（叠前韵）

雪霁恩施万物苏，城乡一卷太平图。
中枢布局鼓声急，旷野催耕春色殊。
千斛天风开碧宇，满眸生意荡青芜。
清清石上花溪水，火样诗情颂国都。

步韵恭和周晓川先生《丙申贺岁》诗

诗国琼林绽百花,东风一夜绿无涯。
寰中妙奏清心曲,座上欣闻正气笳。
帝阙高悬降魔杖,海疆严阵战神车。
今逢河晏开新景,岁月悠悠感物华。

二〇一六年二月一日

赴湘西道中

久居城市里,复返自然亲。
鸟啭山涵翠,花飞水送春。
红尘多蹭蹬,律路亦艰辛。
焉得偷闲去,暂还云鹤身。

二〇一七年五月二十四日

与诸诗友登襄阳王粲楼有寄

不辞千里路,来上仲宣楼。
急雨驱炎暑,熏风醒倦眸。
远山无俗韵,近水泛清流。
诸友齐登览,披襟共一讴。

二〇一八年六月一日

黄帝陵（折腰体）

接踵桥山上，寻根叩祖先。
祥云腾四面，紫气聚中间。
沮溪流不尽，古柏树参天。
万派从兹始，千秋共一源。

二〇一八年八月六日

过黄河

霹雳从天落，扬威海岳惊。
泥沙随浪下，烟雨共潮生。
壶口湍何急，人间路不平。
自甘一身浊，换尔世风清。

二〇一八年八月六日

附 文论

爱国主义是中华诗词之魂

——在四川省爱国主义诗教研讨会上的演讲

尊敬的各位领导、各位嘉宾、各位诗词界的同仁：

应四川省诗词协会的邀请，我为有幸参加四川省爱国主义诗教研讨会感到非常高兴！

四川古称华阳，又名巴蜀，素有"天府之国"盛誉，得天独厚的自然风光自是不必言说的了。单从人文底蕴来看，巴蜀文苑英华堪称蔚然大观。自西汉以降，二千多年间，文风丕振，人才辈出。如两汉时期辞赋家、文学家司马相如、扬雄、李尤等；三国两晋时代的文学家、史学家谯周、陈寿等；唐宋时期的诗词达人、文学家、史学家李白、薛涛、雍陶、李珣、花蕊夫人、欧阳炯、范镇、苏舜钦、苏洵、苏轼、苏辙、张俞、文同、李石、李焘等；元代有虞集；明、清两朝杨慎、李调元、张问陶，特别是清朝末年"戊戌六君子"杨锐、刘光第二人，诗文不仅在京城"震迈一时"，其忧国忧民的赤子之心更为世人景仰。还有近代革命诗人邹容也出生在四川巴县。这些历史文化名人或生长于川，或成才于川，灿若繁星。其流传宇内的名篇佳什，浩如烟海，是我们滋养学识、锻造情操，取之不尽、用之不竭的文化宝库。

四川省爱国主义诗教研讨会在被称为"中国酒都"的宜宾市召开，是再合适不过的了。宜宾在近现代历史上，涌现出了一大批可歌可泣的爱国主义者，像领导川南农民运动的"川南农王"郑佑之，就是早期共产主义在川南的传播者；还有"五卅运动"的领导者刘华，中国新文化运动先驱者之一的阳翰笙，以及被评为"100位为新中国成立作出突出贡献的英雄模范人物"的李硕勋、卢德铭、赵一曼等革命先辈，他们崇高的品质，为国奉献，不怕牺牲的精神光昭日月。他们不平凡的人生理当用诗歌来礼赞。特别是今天上午我们参观了"历史文化古镇"李庄，参观了抗日战争时期迁来的中央研究院、中央博物院、国立同济大学、中国营造学社等，更加感受到李庄就是一部鲜活的爱国主义教材，是一座当之无愧的爱国主义教育基地。今天我们在这样一个美丽的，有着深厚爱国主义文化传统的城市召开诗教研讨会，其意义非同凡响！

翻开中华民族波澜壮阔的历史，从虞舜《南风歌》到屈原的《离骚》，从文天祥的《正气歌》到夏明翰的《就义诗》；从陆游、岳飞到秋瑾到毛泽东，几千年华夏文明的积淀对爱国主义有着精准的诠释：爱国主义是中华民族精神的血脉；是历代先贤圣哲自觉培育、自我完善的一种独特的精神品质和思想信念；是古今仁人志士在某种特定历史条件下迸发出来的非凡壮举；是中华文化传统的根基，是中华诗词之魂！

爱国主义不是抽象的，它早已融入到了保境恤民、御侮兴邦、修身养性、革故创新等方方面面，诗人在这些方方面面发言为诗，有益于爱国主义的传承与发扬。

南风之薰兮，可以解吾民之愠兮。
南风之时兮，可以阜吾民之财兮。

这是大舜作的《南风歌》。据《礼记·乐记》称："昔者舜作五弦之琴，以歌南风，"大舜在这首诗中歌颂的是上古太和气象，表达的是体物爱民的情怀。一个"薰"字描绘的是衮衮生机；一个"时"字抒发的是太和之象；解民之"愠"体现仁民之德；"阜"民之财，希望百姓的财产堆得象山一样，体物爱民之情怀跃然纸上。孟子曰："民为贵，社稷次之，君为轻。"爱国之首要在爱民，因为民为国之根本。可以说，顺应民心、体恤民情、为民解难、为民请命都是历朝历代爱国主义志士的追求。大舜有言："诗言志"。《南风歌》无疑是开天辟地以来第一首伟大的爱国主义诗歌。

　　　　操吴戈兮被犀甲，车错毂兮短兵接。
　　　　旌蔽日兮敌若云，矢交坠兮士争先。
　　　　凌余阵兮躐余行，左骖殪兮右刃伤。
　　　　霾两轮兮絷四马，援玉枹兮击鸣鼓。
　　　　天时怼兮威灵怒，严杀尽兮弃原野。
　　　　出不入兮往不反，平原忽兮路超远。
　　　　带长剑兮挟秦弓，首身离兮心不惩。
　　　　诚既勇兮又以武，终刚强兮不可凌。
　　　　身既死兮神以灵，魂魄毅兮为鬼雄。

　　这首《国殇》是爱国主人诗人屈原的作品。诗题《国殇》描写的是楚人抗击外侮、为国捐躯的历史画面，该诗通篇洋溢着悲愤与激昂之情。其烈烈英风，磅礴正气，几千年来激励着我们炎黄子孙保家卫国，自强不息。屈原之《国殇》无疑是一首响彻云霄的爱国壮歌。

特别是诗的最后八句："出不入兮往不反，平原忽兮路超远。带长剑兮挟秦弓，首身离兮心不惩。诚既勇兮又以武，终刚强兮不可凌。身既死兮神以灵，魂魄毅兮为鬼雄。"对为国捐躯者的至高礼赞，至今读来，仍觉豪气干云。无独有偶，几千年后的公元1962年，诗人于佑任也写下了一首《国殇》：

　　葬我于高山之上兮，望我大陆。
　　大陆不可见兮，只有痛哭！
　　葬我于高山之上兮，望我故乡。
　　故乡不可见兮，永不能忘！
　　天苍苍，野茫茫；山之上，有国殇。

于右任仿效《离骚》的句法，以激愤、悲痛的笔触表达对大陆不得相见的殷殷之情和对祖国统一的殷殷期盼。两首《国殇》穿越时空绝非偶然，正是爱国主义这根红线贯穿古今、千磨万转，光照不熄的必然。

前人论唐宋诗时，有人认为唐诗胜在情韵，宋诗胜在理趣。近代陈声聪持论："若诗，宋为唐之延续，唐已开宋之宗风，一脉相承，无可轩轾。初唐四杰及沈、宋体，承袭魏晋遗风，不脱梁陈靡丽。盛唐前期，王维、孟浩然一流作品，亦仅描摹风月、流连光景而已。杜甫及见开元全盛之日，而又经天宝之乱，流离颠沛，险阻备尝，忧愤之情与忠爱之气，一发之于诗，因此在诗中开辟新路。"（陈声聪之《兼于阁诗话》）我认为，这里所说的杜甫以"忧愤之情与忠爱之气"发之于诗，实际上就是其诗中所表达的忧国忧民之思想情感。

>国破山河在，城春草木深。
>感时花溅泪，恨别鸟惊心。
>烽火连三月，家书抵万金。
>白头搔更短，浑欲不胜簪。
>
>——《春望》

春天来了，国破家亡，剩水残山；战火过后的长安城，人寂草深，一片荒凉。"感时花溅泪，恨别鸟惊心。"诗人感伤国事，涕泪四溅。一腔爱国情怀诉诸笔端，《春望》成了爱国主义名篇。刚才滕伟明会长在演讲时提到了台湾诗人丘逢甲，光绪二十二年三月二十三日，诗人丘逢甲写过一首诗《春愁》：

>春愁难遣强看山，往事惊心泪欲潸。
>四百万人同一哭，去年今日割台湾。

光绪二十一年三月二十三日，清政府与日本签订了丧权辱国的《马关条约》将台湾割让给日本。时隔一年，诗人想到这段屈辱的历史，奋笔疾书，写下了这首诗。"春愁难遣""往事惊心"与杜甫的《春望》诗在表现手法上是很相似的，这也是爱国主义思想情操使然。

有境界的诗人其诗也自有境界，有家国情怀的诗人其诗亦必自成高格。元代诗论家杨载论诗："立意，要高古浑厚，有气概，要沉着，忌卑弱浅陋……书事，大而国事，小而家事、身事、心事……"人的境界高了，作诗立意则会与众不同，别开生面。把家国苍生始终放在心上的诗人，先大我后小我，先家国天下后身家性命；"先天下之忧而忧，后天下之乐而乐。"其诗必定是好诗，必定会流传千古。

>　　天地有正气，杂然赋流形。
>　　下则为河岳，上则为日星。
>　　于人曰浩然，沛气塞苍冥，
>　　皇路当清夷，含和吐明庭。
>　　时穷节乃见，一一垂丹青。
>
> 　　　　　　　　　　　——《正气歌》

　　《孟子·公孙丑》："吾养吾浩然之气。""其为气也，至大至刚，以直养而无害，则塞于天地之间。"一个真正的诗人一定是一个讲气节重操行的君子。舍生取义、为国尽节也好，洁身自好、清正廉洁也好，历来都是诗人的传统美德，也是诗人爱国情怀、人格情操的具体表现。自古以来，文节俱高者代不乏人。南宋爱国诗人文天祥就是其中之一。"人生自古谁无死，留取丹青照汗青"的浩然正气千百年不知感动了多少同胞为国为民赴汤蹈火，就义成仁，以至成了中华民族坚不可摧的精神符号。

　　后来，出生于四川省仁寿县的元代知名学者、作家，也是南宋爱国名将虞允文五世孙的虞集在《挽文丞相》诗中表达了对民族英雄文天祥的无限景仰之情：

>　　徒把金戈挽落晖，南冠无奈北风吹。
>　　子房本为韩仇出，诸葛宁知汉祚移。
>　　云暗鼎湖龙去远，月明华表鹤归迟。
>　　不须更上新亭望，大不如前洒泪时。
>
> 　　　　　　　　　　　——《挽文丞相》

诗中用"子房为韩报仇""诸葛力挽汉祚""华表鹤归""新亭挥泪"等典故，不仅刻画了文天祥的英雄形象，含蓄委婉地表达了诗人自己的故国忧思。

历数爱国诗人，评说爱国主义诗词，我们不能忘记陆游。陆游，字务观，号放翁。南宋杰出的爱国诗人。其诗作反映了他所处时代的风雨，洋溢着饱满的爱国激情。

僵卧孤村不自哀，尚思为国戍轮台。
夜阑卧听风吹雨，铁马冰河入梦来。

——《十一月四日风雨大作》

宋光宗绍熙三年，陆游这位年近古稀的诗人，在一个风寒雨冷的冬夜，独自僵卧孤村，却丝毫没有将自身凄苦放在心上，想到的是"为国戍边"，梦见的是"铁马冰河"，展现的是诗人顽强的生命力。尤其是诗人在生命最后时刻留下的遗言仍然是恢复中原、国家统一之未竟事业：

死去元知万事空，但悲不见九州同。
王师北定中原日，家祭无忘告乃翁。

——《示儿》

这首广为人知的诗作令多少国人在国家危难时去吟诵，激励自己也激励他人为国为民奋斗不止。近代学者，戊戌变法首领梁启超有诗表达对陆游的景仰怀念之情：

辜负胸中十万兵，百无聊赖以诗鸣。
谁怜爱国千行泪，说到胡尘意不平。

——《读陆放翁集》

  爱国主义是中华民族生存和发展的命脉；爱国主义诗词是中华诗词百花园里的一朵芳葩。每一个时代都会产生伟大的诗人，伟大的诗人都会留下伟大的诗词作品充塞天地之间。从岳飞的"待从头，收拾旧山河，朝天阙"（《满江红》）到郑成功的"开辟荆榛逐荷夷，十年始克复先基。田横尚有三千客，茹苦间关不忍离。"（《复台诗》）；从李大钊的"壮别天涯未许愁，尽将离恨付东流。何当痛饮黄龙府，高筑神州风雨楼"（《神州风雨楼》）到朱德的"北华收复赖群雄，猛士如云唱大风。自信挥戈能退日，河山依旧战旗红"（《赠友人》）等等，可以说，爱国主义已经成了中国传统文化主旋律，是中华诗词之魂，我们要不遗余力去传承去书写。用丹心去谱写国家日新月异的今天，用赤诚去记录黎民百姓的喜怒哀乐，用热情去赞美祖国的山山水水，用精神去讴歌时代的辉煌与繁荣。

  从保卫国家的领土到捍卫民族的尊严，爱国主义精神无处不在，爱国主义诗篇无处不在。爱国是我们每个炎黄子孙的责任；传承、创作爱国主义诗词是我们每个诗人责无旁贷的义务；弘扬、创新爱国主义诗教是华夏文明永恒的主题。

谢谢大家！
2017 年 9 月 23 日于宜宾市翠屏山庄

雅集当吟正气歌

——在《诗词家》丙申／丁酉雅集上的致辞

尊敬的梁东老、岳宣义将军、欧阳鹤先生、晨崧先生并各位诗人、艺术家：

上午好！

乌飞兔走，岁月骎骎，转眼已到丁酉新春来临之际，我们在这里隆重雅集。首先我谨代表诗词家编辑部向今天莅临的各位诗词艺术界的老前辈新朋友表示真诚的感谢！并借此机会向你们致以新春的问候，祝福大家在新的一年里身笔两健、阖家团圆、幸福安康！

雅集，历史上是一种专属文人墨客谈诗咏文的集会。今天我们在这里以雅集的形式交朋结友，赋文吟诗，讴歌时代，以诗人、艺术家特有的方式共同迎接美好春天的到来。

上溯中国历史文化长河，如果把三国时代的邺下聚会算作开创文人雅集之先河的话，雅集这种文化现象距今已有1800年历史了。我国文人士子素有"或十日一会，或月一寻盟"的传统，他们流连山水、饮酒赋诗、谈书论文，泼墨抚琴，成为中华文化史上独特风景。百度历史，金谷园雅集、兰亭雅集、香山雅集、滕王阁雅集、西园雅集、玉山雅集等等都曾在历史上有过重大影响。清末以后，文人雅集这种现象由于战难和白话文的冲击而不复存在，甚至一度被无聊的应酬或颓废靡乱的灯红酒绿所湮没。还好，近几年文化部举办的恭王府海棠雅集算是没有让这一高雅的文化符号成为历史的绝响。

在古代文人雅集中，最著名的当数兰亭雅集和滕王阁雅集了。永和九年，东晋王羲之等四十多个文人政要在三月初三这天聚会。他们曲水流觞，诗情激荡，谁也不曾想到微醺之后的王羲之留下了那篇号称"天下第一行书"的《兰亭集序》，正是这篇至今还散发着浓烈酒香的墨宝成为了中国书法艺术上的神话。唐高宗年间，被誉为"初唐四杰"的王勃不期与会洪州名楼滕王阁赏秋盛宴，席间应主人邀请，王勃文不加点，一气呵成写下的《秋日登洪府滕王阁饯别序》，致使文楼辉映，千古流唱，竟成不朽。检索历史，金谷园雅集虽说影响巨大，但因其以生活奢靡被《世说新语》列为"汰侈"类；香山雅集乃白居易晚年仕途失意，心灰之余与几个文人隐水遁山，坐禅谈经而得名。白居易《香山寺》诗：空山寂静老夫闲，伴鸟随云往复还。家酿满瓶书满架，半移生计入香山。诗虽好，然失之于消极的人生态度；西园雅集以宋代大文豪苏轼为代表，参加人非显即贵，惜与黎民苍生福祉关系不大。

今天，政治昌明、经济腾飞、国强民富的时代已经到来。当代诗人、艺术家的雅集与历史上官僚、贵族士大夫的聚会应有所区别，当代诗人、艺术家应当讴歌我们所处的这个伟大时代，讴歌我们伟大的祖国，讴歌人类改造世界的丰功伟绩。

习近平总书记说过，诗歌可以使人"情飞扬、志高昂、人灵秀"。也说过"要改造人的精神世界，首推文艺。举精神之旗，立精神之柱，建精神家园，都离不开文艺"。因此，当代诗人、艺术家应顺应历史潮流，用手中如椽巨笔来展现时代的新事物与新境界，来书写时代的洪钟大吕。先贤提出的"为天地立心，为生民立命，为往圣继绝学，为万世开太平"的理想，应当仍然是当代诗人、艺术家努力的方向。学习毛泽东同志指点江山、激扬文字的崇高风范，以天下苍生为己任，谱写光耀寰宇的璀璨华章，应当是当代诗人、艺术家的历史使命，而这或许就是我们今天雅集的初衷，也是为策应《诗词家》而成立诗词家文化传播有限公司的初衷，更是有抱负有襟怀有担当的当代诗人、文艺家一生的追求。

刚才著名朗诵家、诗人雪石先生吟诵李白《春夜宴桃李园序》中有这样一句诗："不有佳作，何伸雅怀？"我不揣冒昧，有《南海观潮》口号四句以作引玉之砖，供同道批评指正：

惊涛巨浪走长鲸，镇海巡疆任纵横。

凛凛西风浑不惧，中华航母启新征。

最后祝大家新年吉祥，万事如意！

谢谢！

2017年1月14日于北京地大

莫笑书生最迂阔 壮心飞到海南陬

——谨以此文纪念刘光第君殉难 120 周年

1898 年 9 月 28 日（光绪二十四年八月十三日），刘光第与谭嗣同、康广仁、杨深秀、杨锐、林旭等六人被协办大学士刚毅秘密提押至北京宣武门外菜市口杀害，史称"戊戌六君子"。有资料记载，光第君就义时"神气冲夷，澹定如平日"，头被砍下后，身躯仍然"挺立不仆"，围观者无不为之动容。今年适逢"戊戌六君子"殉难 120 周年，富顺县委宣传部、县文学艺术界联合会、县诗词学会在光第君故乡联合举行"刘光第殉难 120 周年纪念大会"具有重要的历史意义。笔者认为，对光第君最好的纪念是研读其不朽诗章、了解其非凡人生、学习其忧国忧民、清廉刚正的思想品格，继承和弘扬中华民族优秀传统。

刘光第，字德星，号裴村，祖籍江西瑞金，后迁福建武平，再迁四川富顺。祖上虽曾为显宦，但至 1859 年光第君出生时早已家道中落。幼年时代，父亲因积劳成疾撒手人寰，更使贫寒家境雪上加霜。虽则如此，其深明大义的母亲想方设法让光第君入学读书。在母亲严格要求和"穷则思变"的激励下，光第君心无旁骛发奋苦读，终于光绪八年（1882 年）二十三岁时得中举人，次年又高中进士，授刑部广西司候补主事。光绪二十年（1894年）中日甲午战争爆发，北洋水师全军覆灭，光第君上《甲午条陈》建议变法求强，刑部上司"阅后震恐，不敢代递。"光绪二十四年二月（1898年）光第君与杨锐除了在京成立"蜀学会"以宣传变法外，还积极参加康有为发起以救亡图存为宗旨的"保国会"。四月，光绪下诏"明定国是"，命康有为参赞新政开始变法。七月十九日湖南巡抚陈宝箴向光绪举荐，光第君被光绪召见时力陈"国势艰危，与中外积弊，非力矫冗滥，无以图治"的变法主张而受到光绪赏识，次日授四品卿衔，军机章京行走。是时，与谭嗣同、杨锐、林旭并称"军机四卿"，开始参与维新新政。七月二十六日，湘人国子监助理曾廉给康有为、梁启超罗织罪状，上书请杀。光绪将曾廉的奏折转给军机处谭嗣同批驳，谭嗣同在奏折中批阅："臣嗣同以百口保康、梁之忠，如曾廉之言属实，臣嗣同请先坐罪。"光第君亦提笔并署："臣光第亦请先坐罪。"其壮举令谭嗣同深为叹服。八月六日，西太后突然发动政变，软禁光绪，开始批捕屠杀维新派。八月九日，光第君被捕入狱。八月十三日（1898年9月28日）遇害，年仅39岁。著有《衷圣斋文集》《介白堂诗集》等。

综观光第君短暂的一生，为官十余年，不谄媚上司，不应酬筵席，不枉法不受贿，处事谨慎，清廉如水。公务之余，爱读书、喜游览，吟诗作文常常"积稿逾尺厚"，其诗文与杨锐在京城一度"震迈一时"。但遗憾的是由于光第君"新诗满竹树，未肯与人传"，因此其诗作散佚甚多，据不完全统计，有证可考的古诗律绝约计700余首存世。

研读光第君存世诗作不难发现，其诗少有吟风弄月之作，多以歌颂自然风光和感慨时事为主。即使在他求学读书的青少年时代，其诗作也因清新典雅、意境悠远而能引起时人共鸣。如：

> 空斋小景自芬芳，晴透纱棂翰墨香。
> 习习暖风花阁静，蒙蒙春月桂池凉。
> 眼前今古争黄卷，楼外云山入锦囊。
> 触物每饶生趣盎，吾人最惜是年光。

这首诗由诗题《忆去年读书处》可知，写光第君在故乡书斋读书时的情景。诗的前四句写书斋环境：习习暖风、蒙蒙春月，花阁静、桂池凉，确是一处理想的读书所在；五六句用典言志，"黄卷"即书卷；"锦囊"典出李贺，一"争"一"入"表现诗人志存高远。"触物每饶生趣盎，吾人最惜是年光。"触物良多趣味，不免使人慨叹光阴可贵寸不敢轻。全诗中光第君刻苦攻书的情景跃然纸上。

> 铁炉坳下竹林疏，吊古澄怀一洒如。
> 宦海渊源黄骆里，洞天雷雨宋明书。
> 石幢寂寂自对客，芳草菲菲来袭余。
> 劲节清风长照眼，谁能补种万箖箊。

这首诗是光第君游览家乡竹岩洞时所作，全诗情景交融、韵美格高。特别是结句"劲节清风长照眼，谁能补种万箖箊。"以竹喻人，明写竹子实写自己，展现出诗人的非凡抱负——补种千万棵修篁翠竹，让人间清风长拂、劲节长照。光第君不仅诗中是这样自勉的，在以后宦海岁月里为官为人也是这样做的。光第君在刑部供职期间官场受贿成风，可他居官清廉从不接受"炭别"。光第君身在朝廷对官场腐败十分清楚，为了不同流合污，除例行公事外一律"键户读书"谢绝交游。其《京寓小园》诗中写道：

短墙骑马客难遮，栽竹嫌窥寂寞家。
戴笠吟身藏日下，闭门生趣满天涯。
残蔬雨过还新绿，老树春迟得久花。
剩有销沉古今意，夕阳庭际数归鸦。

光第君在京居所是他修复的几间破旧瓦舍和一座废圃，因不善于经营官场，所以居所也只能是"短墙府第""寂寞人家"了。而短墙太矮，矮到难以挡住客人骑马经过时的窥探，光第便在墙外栽上竹子。"戴笠吟身藏日下，闭门生趣满天涯。""戴笠藏身""闭门生涯"不过是在官场政治黑暗的现实里洁身自保而已。"残蔬雨过还新绿，老树春迟得久花"，"残蔬""老树"推物及己、顾影自怜，但还好些许新绿、久花多少给诗人一些安慰。

当然，结句"剩有销沉古今意，夕阳庭际数归鸦。"调子未免低沉、伤感了些，可作为一介文人处在那样一种环境有如此心境是可以理解的。

前面说过，光第君喜游览，青少年时期光第君遍游巴蜀山水。入京前后也多次借机会登览山川名胜，期间写下了大量歌颂自然风光的优美诗篇。如《双飞桥》：

天际双虹挂，何年堕劫尘。
　　泉分太始雪，人立过来身。
　　绝壑晴雷午，深山乱石春。
　　遥知白龙洞，云气烂如银。

　　起句设问，想落天外。双飞桥原是悬挂天际的两道彩虹，不知何年月堕在这尘埃之中。颔、颈两联"泉分太始雪，人立过来身""绝壑晴雷午，深山乱石春"炼字如金，对仗工稳，着力渲染双飞桥的壮观。全诗气势一贯直下，结句"云气烂如银"力不外泻，令人叫绝。还有《龙升岗》借景咏怀，别有怀抱。寓讽刺于幽默，启人联思：

　　神岗布泽久通灵，怪物今知睡未醒。
　　细细风烟蛮嶂雨，冥冥草木古潭腥。
　　晓看瓦屋云空白，春过嘉州麦不青。
　　我比惰龙差快吐，惟愁满腹少雷霆。

　　其《金刚台》一诗气象万千足堪一读，全诗如下：

　　雪山气势瓦山岚，不敌峨眉秀骨含。
　　九叠屏风回日月，一螺苍翠见东南。
　　下方鸟泛红云海，上界龙分白石潭。
　　心折岩头晴雨乱，问谁虎跃兴能酣。

　　从光第君大量山水诗中可以看出他酷爱祖国山山水水，在不长岁月里，足迹遍布大江南北，诚谓凡"山川名胜、都邑情形、民风土俗、人事天灾"，光第君都一一"尽入锦囊"。

而很多诗歌并非纯粹写景，在诗中表现诗人忧国忧民的赤子情怀，令读者感慨良深。像《滟滪石》：

　　　　滟滪深根出，翻宜近客舟。
　　　　江枯残雪在，天远太阴愁。
　　　　尽日摩孤鹘，当年饱万牛。
　　　　河山今失险，恃尔障东流。

当然，光第君也有很多像《香港舟次夜》这样清新明快的诗作：

　　　　水碧山青画不如，楼台尽是岛人居。
　　　　依依三十年前月，曾照华民采夜鱼。

其《罗浮山中听客弹琴》语出天然，令人耳目一新：

　　　　一峰中作一晴阴，四百峰前客鼓琴。
　　　　听去雨风随变化，坐来天海得高深。
　　　　松簧隔水分仙韵，猿鸟空山定道心。
　　　　曲罢暮烟岩壑满，樵歌踏叶出西林。

研读光第君这些诗作可以感受到他生活在那样一个特殊的时代。一方面是他深深爱着的祖国江山，另一方面由于帝国列强侵掠和清政府无能以及民不聊生的黑暗现实，诗人滋生出一种强烈的使命感、责任感，将满腔深沉的忧患意识托诗以寄。如《上鲍爵帅春霆时方大修第》：

将星耿耿钟夔岳，世局艰难待枕戈。
臣子伤心在何处，圆明园外野烟多。

鲍爵帅即鲍超，字春霆，清军将领，四川夔州（今重庆奉节）人。每战必身先士卒，被创多处，英名卓著。告老还乡后仿苏州园林建鲍公馆。刘光第南行过夔见鲍"时方大修第"，感而赋诗："臣子伤心在何处，圆明园外野烟多。"朝政时局维艰，祖国正逐渐沦为半殖民地境况，耿耿将星应枕戈待旦报效国家。诗人不禁要问：臣子伤心在何处？原来是"圆明园外野烟多"！

光第君还有一首《梦中》诗流传甚广，以梦境论时局，其艺术性很高：

梦中失叫惊妻子，横海楼船战广州。
五色花旗犹照眼，一灯红穗正垂头。
宗臣有说持边衅，寒女何心泣国仇。
自笑书生最迂阔，壮心飞到海南陬。

诗人梦见英法联军的战舰横行海上，一面是敌人五色花旗刺眼难睁，一面是清庭高官顶戴花翎垂头不振。"五色花旗犹照眼，一灯红穗正垂头"，巨大的反差使诗人不禁梦中失叫惊醒了安睡一旁的妻子，惹得妻子这样的寒女也跟着伤心落泪。"宗臣"们有抵御外侮的筹策吗？"自笑书生最迂阔，壮心飞到海南陬。"诗人转而自嘲：我本一介迂阔书生，保境卫国的壮心早已飞到了海南边境。这诗即有对朝庭高官无能的讽刺，也有表达报效国家的愿望。

《送宋检讨充英法等国参赞》六首感情深沉、真挚，令人闻之堕泪。其中第六首诗曰：

远适殊方昔所凄，吾曹性命共提携。
预愁送别冰开镜，却忆谈诗剑吐霓。
四海文章稀日下，六官经纬落天西。
苍茫家国无穷意，挥手春流散马蹄。

先贤有言：诗言志、诗缘情、诗缘政。光第君诗作之所以能成为不朽的篇章，其原因就在于他的诗作中无论是怀念亲友，还是吟诵自然风光，抑或是感慨时事，家国情怀永远是其诗歌的主旋律。歌颂瑰丽的河山就是爱国的象征；抨击黑暗的时政，也是爱国的表现；不惜牺牲自己的生命以谋求强国之道，更是天下有志之士学习的榜样。今天我们隆重纪念刘光第君殉难120周年，就是继承和发扬中华儿女一代代为了国家的强盛、民族的兴旺前仆后继不屈不挠勇担历史使命的大无畏精神。就是要传承和弘扬中华民族优秀的传统文化，为日新月异的祖国留下丰富璀璨的诗章。

2018年9月28日于富顺县

用大赋之椽笔，书盛世之风骚

"殆尽冬寒柳罩烟，熏风瑞气满山川。天将化雨舒清景，萌动生机待绿田。"这是南宋诗人刘辰翁的一首雨水诗。今天正是农历二十四节气中的雨水，我们在这里研讨赋的创作，研讨蔡彰武先生《酉贡斋赋稿》一书的出版很有意义。

近日中共中央办公厅、国务院办公厅《关于实施中华优秀传统文化传承发展工程的意见》指出：实施中华优秀传统文化传承发展工程，是建设社会主义文化强国的重大战略任务，对于传承中华文脉、全面提升人民群众文化素养、维护国家文化安全、增强国家文化软实力、推进国家治理体系和治理能力现代化，具有重要意义。从贯彻《意见》精神这个层面而言，这次研讨适逢其会，其意义显得更加不同凡响。

一、浅议赋的起源及流变

提到赋，人们就会想到汉赋，想到屈原、荀卿、宋玉，想到活跃在两汉赋坛上的贾谊、枚乘、司马相如、扬雄、班固、张衡等。两千年过去了，他们至今犹如璀璨群星光照寰宇。

赋者，何也？班固在《两都赋序》中说："赋者，古诗之流也……内设金马石渠之署，外兴乐府协律之事，以兴废继绝，润色鸿业。是以众庶悦豫，福应尤盛。"其在《汉书·艺文志》中又说："不歌而诵谓之赋。"《诗大序》说《诗经》有风、赋、比、兴、雅、颂六义。朱熹的《诗集传》："赋者,敷陈其事而直言之也。"而刘勰在《文心雕龙·诠赋》中说:"赋也者,受命于诗人,拓宇于楚辞也。"由上可知,赋,作为一种文学表现手法时,指陈述、铺叙之意。作为一种体例而言时,其性质介于韵文和散文之间,是一种特殊的文学样式。综观赋的产生,源出于诗、骚是有道理的。白居易在《赋赋》中以赋体咏赋,谓赋"始草创于荀宋,渐恢张于贾马。冰生乎水,初变本于典坟;青出于蓝,复增华于风雅。而后谐四声,祛八病,信斯文之信美者。"又说:"酌遗风于三代,明变雅于一时。全取其名,则号之为赋;杂用其体,亦不出乎诗。四始尽在,六义无遗。是谓艺文之敬策,述作之元龟。观乎义类错综,词采舒布。文谐宫律,言中章句,华而不艳,美而有度。雅音浏亮,必先体物以成章;逸思飘然,不独登高而能赋。其工者,究笔精,穷旨趣,何惭《两京》于班固;其妙者,抽秘思骋妍词,岂谢《三都》于左思。……况赋者雅之列,颂之俦。可以润色鸿业,可以发挥皇猷,客有自谓握灵蛇之珠者,岂可弃之而不收。"《赋赋》一文对赋的产生、特征等都作了简要的概述。无论是班固的《两都赋序》,还是白居易的《赋赋》,以及自屈原而下两汉赋坛汗牛充栋的宏篇巨制,不仅让我们感受到赋的繁荣与兴盛,也同样让我们认识到汉赋主要是为封建统治阶级"润色鸿业"服务的本质。

如果把赋的演变作一个简单梳理的话,除屈原《楚辞》外,荀卿、宋玉之作算赋之源,虽然《荀子》中的《赋篇》是最早以赋名篇的作品;宋玉有《风赋》《高唐赋》《神女赋》《登徒子好色赋》等十六篇赋,司马迁《史记·屈原贾生列传》

也称"屈原既死之后,楚有宋玉、唐勒、景差之徒者,皆好辞而以赋见称。"但荀、宋之作还不算正式的赋,他们只是在"文意风格和语言运用上给予了汉赋作家以相当的影响。"通说认为,正式的赋产生于汉代。汉初贾谊是正式作赋第一人,他的《吊屈原赋》继承了《楚辞》和《赋篇》的体例,由于它是以抒情议论为主而不是以铺写事物见长,因而被认作是楚辞的余绪,是辞向赋过渡的例证,其赋也被后人称为"骚体赋"。是故班固说,赋之作"贾谊登堂,相如入室矣。"直到枚乘的《七发》问世,才奠定了汉赋的格局。骚体赋而后即汉赋,即徐师曾所言的古赋。徐师曾《文体明辨·赋》说:"故虽词人之赋,而君子有取焉,以其古赋之流也。三国、两晋,以及六朝,再变而为俳;唐人再变而为律;宋人又再变而为文。"他把赋分为古赋、俳赋(即骈赋,以句尾有韵脚而别于骈文——笔者注)、律赋和文赋四种。枚乘的《七发》虽然没有以赋名篇,但形式上采用主客问答的方式,语言上偏重于铺叙和描写,类似间有韵文的散文,但《七发》的汉赋地位不用怀疑。有人指出,《七发》从形式到语言都直接继承荀、宋,而为后来司马相如等汉赋大家所发展,形成汉代大赋的固定格局,从而确定了枚乘在中国文学史上的地位。刘勰说:"赋者,铺也。铺采摛文,体物写志也。"《七发》在语言修辞方面虽然也铺采摛文,但不像后来的汉赋那样"堆砌重叠,臃肿板滞"。例如,他描写的观涛一节就十分精彩:

疾雷闻百里;江水逆流,海水上潮;山出内云,日夜不止。衍溢漂疾,波涌而涛起。其始起也,洪淋淋焉,若白鹭之下翔;其少进也,浩浩溰溰,如素车白马帷盖之张;其波涌而云乱,扰扰焉如三军之腾装；其旁作而奔起也，飘飘焉如轻车之勒兵。

真是奇观满目，音声盈耳。将波涛形声写得是何等的壮观。

尔后，汉赋发展到司马相如，《子虚赋》《上林赋》把汉大赋推向高峰。扬雄、班固、张衡、祢衡、王粲等诸家纷出，遂使赋之一体蔚为大观。特别是子虚、上林赋描写帝王贵族生活，宣扬汉家天子的富有奢华，让读者感受到汉王朝在繁荣时期物产丰富、园林广大、文化昌盛的恢宏气象，当然赋中也暗含着作者委婉的讽谏，批评帝王贵族对生活享受的过分追求，但这种劝百讽一的效果是很微小的。关于这一方面，扬雄的作品更加注重赋的教育意义，反对为铺陈而铺陈。提出了"诗人之赋丽以则，辞人之赋丽以淫"的观点。但"文必艰深"是扬雄作赋的一大缺点，宋代苏轼曾批评他"以艰深之词，文浅易之说（《答谢氏师书》）"。汉赋中还有一些很重要作品，如班固的《两都赋》，张衡的《二京赋》都是值得一读而为赋者必须一读的。尽管这些赋讲究气势，注重形式，追求词藻，"为艺术而艺术"，甚至还运用过分的夸张以至失实，但在今天看来，像汉赋这种宏大气派，在《诗经》《楚辞》里很难找到，这是一个国家一个民族向上的表现，值得重视。鲁迅先生就曾经把这种现象称为"文学的自觉时代"，给予了很高的评价。

赋到魏晋南北朝，逐渐向骈体发展，出现了曹植、陆机、左思、鲍照、江淹、庾信等大家的作品，史称"骈赋"。清人孙梅说："左陆以下，渐趋整炼，益事妍华，古赋一变而为骈赋。"（《四六丛话》）如庾信《小园赋》："鸟多闲暇，花随四时。心则历陵枯木，发则睢阳乱丝。非夏日之可畏，异秋天而可悲。一寸二寸之鱼，三竿两竿之竹。云气荫于丛著，金精养于秋菊。……"再如曹植《洛神赋》："其形也，翩若惊鸿，婉若游龙。荣曜秋菊，华茂春松。仿佛兮若轻云之蔽月，飘飖兮若流风之回雪。远而望之，皎若太阳升朝霞；迫而察之，灼若芙蕖出渌波。秾纤得中，修短合度。肩若削成，腰如约素。延颈秀项，皓质呈露。……"全用四六、五七言，对偶工整，间有押韵，诵读流畅，音节和谐。

至唐、宋诗词发展，赋体渐而衰落。虽有律赋，则主要用于科举制度，无甚文学价值，不提也罢。可喜的是这一时期出现了带有明显散文化倾向的赋体作品，被称为文赋。如杜牧的《阿房宫赋》，欧阳修的《秋声赋》，苏轼的前后《赤壁赋》等名篇，写法灵活，不崇尚用典，语言明白晓畅，别开生面。

元明清三朝及近代，赋之一体，偶有人为之，未成气候。今人写赋反倒呈迅速增长之势头，从作品数量来说，可望超过历史之任何朝代。从创作风格来讲，摒弃了古人作赋重滞、艰涩、堆垛的毛病，而开谐顺、晓畅、通达之新风。今之赋作"吐峥嵘之高论，开浩荡之奇言。俯四海以须臾，观天下于一瞬"；今之赋家"胸中有丘壑，笔下生波澜；眼底起烽烟，指间流音韵。"像马识途之《祭李白文》、饶宗颐之《词榻赋》、叶楚屏之《映山红赋》、周汝昌之《中国北京奥运赋》、霍松林之《香港回归赋》、丁芒之《锦绣江苏赋》、闵凡路之《春风万里赋神州》、周笃文之《雁栖湖会都赋》、《君山赋》、魏明伦之《岳阳楼新景区记》等，真可谓浩浩赋海、郁郁赋苑、巍巍赋山、泱泱赋国。

赋是中国文学史上不可或缺的文学样式，跟唐诗宋词一样，在两汉已达文学巅峰。无用讳言，虽然一定时期产生了很多经典而伟大的作品，但因其局限性，存在许多令人遗憾的缺点。这些缺点包括：一是遣词堆砌用语重叠、夸张失实；二是结构臃肿布局板滞、少有变化；三是下字生僻用典隐晦、不忍卒读；四是立意浅露故作艰深；五是一味对封建统治阶级颂扬点赞，缺乏对下层人民的关注与体恤。以上这些缺点也是今人作赋时应当注意并克服的。

二、读《酉贡斋赋稿》，赏花圃之荣昌

喜赋作赋之今人不少，但恩施本土赋作者并不多见。《酉贡斋赋稿》的作者蔡彰武先生是难得的一位。通读《赋稿》凡124篇，约30余万字，深感蔡先生学识之厚重，文风之潇洒，人格之坦诚，写作之勤奋。《赋稿》题材广泛，有赞美中华文明的《中华文明赋》《中国梦赋》《中华美德赋》等；有歌颂祖国河山的《荆楚赋》《登庐山赋》《清江赋》等；有期待百业兴旺的《三农赋》《环保赋》《高铁赋》等；有讽谏时政的《劝政赋》《回家吃饭赋》等；有抒发人生的，有弘扬正气的，有闲情逸致的，有抨击陋习的，洋洋大观，绝非蔡先生自谦的老鸠粗噪，雏莺嫩腔。有些赋多缘事发，托以讽喻；有些赋侧重写景，借景抒情；有些赋咏物言志，寓意寄托；有些赋深评浅议，启人哲思。下面列举几例：

"遵天道而龙骞，顺地理而凤翔。求人和而国泰，重生灵而民祥。伸仁张义乃治国之本，务实求践为把政之襄。"——《中华文明赋》

"中华梦也，南箕正位，大梦图之，北斗登堂。邀袂蓝

天,寥廓千重霞彩;扬帆碧海,峥嵘万里韶光。历历青山,不虚尧舜气象;浩浩碧水,何止韩苏文章。"——《中国梦赋》

"灵活为官,胸中自有运筹仙凤;巧妙从政,腹里亦怀斡旋神龙。嘱文以规,莫小觑前覆后鉴;作赋而劝,必深究古亏今盈。"——《劝政赋》

"其天也朗,朗照三乡似锦;其地也明,明示四季如春。其景也美,美笼九村十寨;其人也善,善罩五戚六亲。"——《新农村赋》

"少去应酬,书记诚挚教导;回家吃饭,领袖亲切叮咛。一阵春风,吹来母慈父爱;几番化雨,润得心舒意融。"——《回家吃饭赋》

"登塔远观,新风新景可售;凭栏遐想,旧烟旧雨堪赎。朗月明星,文彦武俊互皎;灵山胜土,郎才女貌相濡。"——《连珠塔登高赋》

"减废排污,长空明虹亮彩;增荫添绿,大地陈松列筠。"——《环保赋》

"酒徒收杯,当心狐仙起诉;食客停箸,注意兔神上书。影响环保,祸害千年不饶;破坏生态,罪恶百命难赎。"——《食客赋》

可以说《赋稿》一卷正应了白居易所言"文章合为时而著,歌诗合为事而作"。百余赋作虽非篇篇精品,字字珠玑,亦各擅其长。充分展示了作者的赤子之心,爱国之情;表现了作者的大爱大孝大仁大义,可以说每篇赋都是时代的交响曲,是时代的最强音。

当然如果要说有不理想之处,我想一是有些赋篇幅略长,语言不精;二是有些赋意境直露,底蕴不丰;三是赋作全用骈体，结构单一，少有变化。这些尚期待作者在以后的创作中不断加以改进。

三、如何才能写出具有时代感的精美大赋

一是要多读古今名家赋作。写诗的都知道有种提法叫"熟读唐诗三百首，不会吟诗也会吟"，写赋也是如此。桓谭《新论》引扬雄语云："能读千赋，则善为之矣。"多读熟读，厚积薄发，才能驾轻就熟，写出自己理想的作品。

二是作赋必苦吟精思，不可一蹴而就。扬雄每次作赋时态度都非常认真。据桓谭《新论》记载："成帝时，赵昭仪方大幸，每上甘泉，诏使作赋。为之卒暴，思精苦。始成，遂困倦小卧，梦其五藏出在地，以手收而内之。及觉，病喘悸，大少气。病一岁。"扬雄每作赋的艰苦情景与《西京杂记》所载司马相如创作时"意思萧然，不复与外事相关"是相似的。那种像王勃写《滕王阁序》时文不加点一挥而就的情况是很少见的。纵有倚马可待的才情也只能偶尔为之，"文章不厌百回改"方能出精品出力作。

三是不断丰富自己的学识，培养志行高洁的品格。作者的襟怀、思想、胆识、品格决定其作品的高度，也决定其作品的生命力。屈原，行廉志洁，忠君爱国，同情人民疾苦，始终不渝为追求理想而上下求索，虽"九死其犹未悔"，其作品真挚、刚健。司马迁称赞屈原之志"虽与日月争光可也"，其《离骚》成为我国古代最伟大的浪漫主义诗歌绝非偶然。屈原永远屹立在中华文明的源头，对中华民族精神的形成产生着深刻的影响。

四是要不断地推陈出新，在继承的基础上创新。无论什

么样式的文学作品，都应当从中国古典文学这座宝库中汲取营养，然后用手中椽笔来表现时代，抒写真情。只有用旧瓶装新酿，方可堪称佳构。离开了继承谈不上创新；仅有继承而没有创新，作品是没有生命力的。

五是注重推介，特别是名家推介。如司马相如《凌云赋》；左思的《三都赋》等。

千重云山任吐纳，万里烟霞凭啸傲。盛世兴赋乃历史之大任，我们应当乘此次研讨会的东风，在我州开创读赋写赋研究赋的新局面。

谢谢大家！
2017 年 2 月 28 日于宣恩县政府

向曹风致敬

在"文人的心思,当代名家笺纸墨迹展"开幕式上的即兴讲话

尊敬的于法杰主任、常健社长、孙传仁会长,尊敬的各位女士们、先生们、朋友们:

今天是一个好日子。在这样一个草长莺飞,国花竞放的春天里,由《诗词家》杂志社、菏泽日报社、菏泽市诗词学会、菏泽新闻书画院联合举办的"文人的心思:《诗词家》杂志提名当代名家笺纸墨迹展"在中国"牡丹之都"菏泽市,这座历史文化悠久的城市隆重展出,这是菏泽的幸事,是《诗词家》同仁的幸事,是当代诗词书画文化界一件重要的喜事。请允许我代表《诗词家》杂志社向今天莅临指导的各位领导,各位诗词家、书法家、美术家表示感谢!向各位朋友,各位来宾致以诚挚的问候!

菏泽古称曹州,自古是一个圣贤辈出、人文渊薮的地方。历史积淀丰厚,文化悠久灿烂。是一座美丽的"牡丹之都",素有"书画之乡"的美誉。也是《诗经》里重要篇章《曹风》的故乡。我们今天在此隆重雅集,我们有理由向菏泽致敬,向《曹风》致敬。

《诗词家》创刊两年有余,始终坚持用全新的文化理念铸就中华诗词的风骨;始终以传承研习中华诗词为己任。在

众多诗词书画艺术家，众多同道的支持关怀下，今天，《诗词家》杂志成长为"当下最美的诗刊"，可喜可贺。他在让我们时时感受诗词书画文化的力量和经典的魅力的同时，也同样感受到了一份沉甸甸的责任。

在中华诗词书画艺术悠久灿烂的历史长河中，经典作品的原创者往往既是诗词家也是书画大师，他们用手中的如椽巨笔书写自己的政治抱负和对祖国江山的热爱，他们丰富的才情流芳后世，成为后人景仰的典范，成为后人学习国学，弘扬国粹取之不尽的营养。我们现在要做的应当是"继承传统，表现时代"、"研习国学，讴歌当代"，用我们自己的书画艺术来表现我们自己的诗词作品，让中华诗词书画艺术真正成为穿透时空、直切时代、光景常新、引人奋进的民族精神符号。

"杨意不逢，抚凌云而自息，钟期相遇，奏流水以何惭。"今天我们在这里隆重雅集，我们要不妄自菲薄，在前辈、先贤光环的照耀下，弘扬我们这个美好时代的主弦律。让我们从这里出发，从菏泽出发，把名家诗笺墨迹展一届一届办下去。最后祝本次活动取得圆满成功！

谢谢大家！
2015 年 4 月 26 日于菏泽

在《诗词家》丙申新春座谈联谊会上的致辞

尊敬的李栋恒将军、岳宣义将军，尊敬的周老笃文教授、雷涯邻教授，尊敬的各位领导、各位嘉宾、各位诗家同道：

大家上午好！

在这灵羊辞岁，金猴献春之际，我们济济一堂，隆重举行诗词家新春座谈联谊会。首先，我谨代表《诗词家》杂志社全体同仁感谢大家拨冗出席此次盛会，共襄诗词发展盛举，共谋文化繁荣大计。让我们以热烈的掌声对大家的莅临表示欢迎！

《诗词家》杂志创刊三周年以来，有各位领导的关爱，有各位方家的指导，有各位诗友同道的支持，更有《诗词家》杂志社全体同仁苦心孤诣的谋划，使得这份尚略显稚嫩的民间杂志成长为一份"当下最精美的诗刊"，对此，我代表《诗词家》杂志社全体同仁对大家表示由衷的感谢！

中国是诗的国度。自商周以降，《诗经》发端，可以断言，中华民族一部五千年的历史，有半部是诗歌史。诗词已成为中华民族文化特有的最具魅力的最辉煌的文化符号。诗词是中国传统文化的瑰宝，几千年绵延至今，越来越大放异彩。"诗人"也是亘古及今人们孜孜以求最具价值，最受欢迎，最真最美最高最耀眼的"桂冠"。

几千年诗词文化的传承与研习告诉我们，诗词有明得失、正风气、知兴替、促教化的社会功效。诗者仁、诗者廉、诗者寿，已是不争的事实。十八大以后，随着以习近平总书记为首的党中央、国务院对传统文化的重视，泱泱诗国的春天已经显露出了勃勃生机。"国家幸，诗家更幸"的美好祝愿正渐行渐近。周笃文教授在《丙申贺岁》诗中吟到：

  风雷抖擞绽梅花，浩荡洪波涌海涯。
  衮衮生机森万象，洋洋歌舞响千笳。
  除邪已铸屠龙剑，富国长驱逐日车。
  北极中枢颁大号，万方圆梦创新华。

  是的，一个诗词国学复兴的伟大时代就要来临了。也正是如此，我们诗词家杂志社全体同仁一直致力于诗词的传承与研习，一直致力于为广大诗友词家奉献着我们最真诚的服务。但是，也毋庸讳言，诗词家同仁无论是实力、胆识、水平都自感不足，我们真诚期望在座的各位领导、各位诗家以及全国的诗友同道给《诗词家》杂志——诗人共同的精神家园予以更多的关注、指导与支持！给诗词家杂志这棵小草更多的包容和理解。诚如是，可以断言，只要假以时日，诗词家杂志这棵嫩苗就会长成芝兰玉树！

  在此，我不揣浅陋步韵敬和周笃文教授《丙申贺岁》诗一首，请各位批评指正：

  诗国琼林绽百花，东风一夜绿无涯。
  寰中妙奏清心曲，座上欣闻正气笳。
  帝阙高悬降魔杖，海疆严阵战神车。
  今逢河晏开新景，岁月悠悠感物华。

  最后祝大家新春吉祥，阖家幸福，身体康健，万事如意！

谢谢大家！

2016 年 1 月 30 日于北京

在首届中国诗词家高峰论坛开幕式上的致辞

尊敬的各位领导、各位吟长、各位来宾、朋友们：

大家上午好！六月的济南处处散发着荷柳的清香，迷人的泉水伴着《声声慢》或《永遇乐》的旋律迎接着四方的吟客骚人。经过近半年的筹备，首届中国诗词家高峰论坛就要开幕了，回首筹备的时光，我们感恩于山东省及济南市各主办协办单位领导给予的大力支持，感动于全国各地的诗词同道和诗词家们不辞辛苦的到来。在这令人激动值得纪念的时刻，请允许我代表中国诗词家高峰论坛组委会向所有为论坛的召开付出努力的领导和师友表示由衷的谢意。向出席今天论坛开幕式的领导、嘉宾和朋友们表示诚挚的欢迎。

自2013年《诗词家》杂志在北京创刊，五年来，我们始终秉持传承中华诗词文化传统，弘扬中华诗词文化精神，在继承和发展中华诗词的基础上，用创新的文化理念引领和铸就中华诗词的时代风骨为宗旨，以办一份可读可品可藏的最美诗刊为目标，以提升中华诗词审美价值及普遍文化认同为方向。在师友们的支持帮助下，我们做了一些工作，也取得了一些成绩。

古人云，行万里路，读万卷书。近两年《诗词家》同仁行程数万公里，走进多个省市地区开展调研，先后拜会20多个地方诗词组织，与众多诗人、专家、教授、学者深入交流，倾听办刊意见，受益良多。在调研的基础上，我们先后完成诗词家公司法人制改革，创建诗词家新媒体，搭建起优秀诗词家交流平台。我们深知朋友通过见面才能互相加深印象，才能不断增进友谊，通过对话才能拓展工作思路，提升办刊水平，提高为广大诗友们服务的质量，正因此，我们就有了举办中国诗词家高峰论坛的想法，旨在通过学术引领，文化创意、创作示范来增进感情，达成共识。尔后这个想法得到了济南市鹊华诗社、济南铁路文化宫、济南辛弃疾纪念馆等单位的响应。

  虽然说在当今经济空前繁荣，社会长足发展的背景下，举办一次论坛并不难，现在每年全国各地的诗词活动也很多。但真正办出特色，办出影响，办得有内容、有意义并不是一件容易的事。我们考虑济南独特的诗城文化资源，是稼轩幼安、清照易安两位大词人的故里。尤为特别的是在一代词宗辛弃疾逝世八百一十周年之际，将这项文化活动放在济南举办，具有重要的现实意义和特殊的文化影响力，这也是中国诗词家高峰论坛在济南举办的缘起。

  为了把此次论坛办得有声有色有意义，我们特别邀请了周笃文先生、周啸天先生、蔡世平先生、张海鸥先生四位在当代诗词界卓有影响的方家组成首席嘉宾团；我们还邀请了山东省诗词学会领导和各地有影响的诗词组织负责人参会，共同搭建论坛高端学术交流平台。本次论坛将追慕先贤、传承经典列为重要内容，组织全国诗词家拜祭张养浩、辛弃疾；举办优秀诗词作品评奖和表彰优秀诗词家；与辛弃疾纪念馆一起设立中国诗词家资料馆，永久收藏当代诗词家创作的手稿、图书、文献资料、报刊等。追根溯源继承传统，植根生活创新突破。虽然前进路上存在着许多困难，现实境况有许多不足，但我们相信有各位诗友的支持和信任，论坛一定会办出质量办出水平，大家也会通过论坛有所受益有所提高。

下一步诗词家的工作，一是计划与国家级出版社合作办刊，为刊物发行发展提供更好的平台；二是启动中国优秀诗词年选编辑计划，拟与国家级出版社一起每年编辑出版一部由全国新华书店经销的优秀诗词年选；三是着力打造卿云诗丛等诗词出版品牌，为每一位诗词家作品的出版及入藏国家图书馆提供最高质最高效的服务；四是致力于举办论坛，出版诗词家刊物来集聚更多人脉，与各级各地诗词社团组织、诗词家紧密合作，形成共赢共发展的格局。

各位领导、各位吟长、各位诗友，我们相聚在传统文化和现代文明水乳交融的济南。我们都是诗词的信徒，是诗词传承路上努力前行的追求者。我们要不断学习、不懈努力、增进交流、扩大合作、克服困难。我们要有担当，有责任，有抱负，以传承、突破、创新、发展中华诗词事业为己任，让我们从首届中国诗词家高峰论坛出发吧！用我们如椽的诗笔，用如火的激情来书写我们诗意人生的辉煌篇章。

最后，祝福大家在论坛举办期间，生活充实，心情愉悦，身体健康！倡导大家绿色出行，安全第一，互助友爱，谦虚谨慎，少饮酒，不违章，共同完成我们在济南的这一次诗意旅行！同时，我们殷切期待着来年我们再牵手再相聚！

祝首届中国诗词家高峰论坛取得圆满成功！

谢谢大家！

2017 年 6 月 16 日于济南

在首届清江诗词论坛暨郁江诗词笔会上的讲话

尊敬的黄代双乡长、周利平委员，尊敬的杨斌儒顾问、毛正天教授，尊敬的各位诗家词人：

大家好！今天我们在美丽的文斗举办恩施州首届清江诗词论坛暨郁江诗词笔会，感到非常高兴。我代表恩施州诗词楹联学会感谢热情好客的东道主文斗乡人民政府，感谢为论坛鼎力相助的利川市君诚生态农业综合开发投资有限公司和德馨建筑劳务有限公司，感谢为论坛付出辛勤劳动的五位专家评委，感谢利川市诗词楹联学会为论坛所作的精心准备。同时还要感谢今天到场的所有诗人，因你们的到来，今天的文斗可谓群贤毕至，少长咸集，大有东晋骚人兰亭雅集之遗风。

党的十八大以来，"文化强国"已不仅仅只是一句口号。中华民族优秀传统文化，尤其"最能反映中华民族和中国人民的特性和风尚"的古典诗词，受到前所未有的重视。习近平主席在弘扬中华诗词、弘扬传统国学上多次发表重要讲话，把文化强国作为中华民族伟大复兴的"中国梦"之一。2013年3月习近平主席在中央党校的一次讲话中提出"学诗可以情飞扬、志高昂、人灵秀。"并多次强调"古诗文经典已融入中华民族的血脉，成了我们的基因"，作为国家元首，率先提出"中华诗词是中华民族基因"的著名论断，是每一个诗人的幸运，是中华诗词的幸运。特别是 2015 年 10 月，中共中央《关于繁荣发展社会主义文艺的意见》提出要"加强对中华诗词、音乐舞蹈、书法绘画、曲艺杂技和历史文化纪录片、动画片、出版物等的扶持。"第一次把中华诗词写进中央文件，第一次提出要对中华诗词事业进行扶持，第一次把古典诗词、格律诗词、旧体诗词、新古体诗词等各种称谓统一正名为"中华诗词"，有力地推动了中华诗词的繁荣发展。

正是面临这样一个历史机遇，我们举办恩施州清江诗词论坛，研讨"什么是好诗，怎样写好诗"，可谓躬逢其时。这也是响应党中央号召，为繁荣恩施州中华诗词事业的重要举措，从这个意义上来说，今天在两省通衢、五县交汇、文光射斗的郁江之滨举办首届清江诗词论坛是恩施州诗词界的一件盛事、一件喜事、一件有着深远意义的大事。

这次论坛共收到 23 位作者参赛论文 23 篇，很多论文能紧扣主题，旁征博引；论点鲜明，论据充分；文采斐然，观念新颖；结构严谨，要言不烦。像《形象之于好诗》《谈谈诗词如何出新》《读诗与写诗》《虚实相生是诗词创作的必要途径》《诗过三关自风流》等等，这些论文既有诗学理论，又有创作实践，既有宏论，也有妙语，为论坛贡献了许多真知灼见。这次论坛收到的论文还有一个亮点，即以本土历史诗词名家的作品为研究对象来研讨什么是好诗，如张思楚先生撰写的《从樊增祥诗词的编辑谈什么是"好诗"，怎样写"好诗"》，林华翔先生撰写的《好诗在心——从张仲羲〈清江渔父吟〉说开去》。这次论坛收到的论文还有一个重要特点，即有以当代本土诗人的诗作为例来展开研讨的，如王寿襄先生撰写的《臆说"好诗"——漫点〈施州玉韵〉》，郭淑静女士撰写的《浅论怎样创作较为上乘的格律诗》，用身边诗人诗作来论证什么是好诗，让听众感觉很熟悉。古往今来，有些好诗因为很多原因没有成为经典，比如作者没有名气没有地位，但如果有名人大师、权威专家去引用去赏析去宣传，则无名诗作也有希望成为经典。诚然，综观此次参赛论文也有很多不足，有的作品缺乏高度，不见深度；有的作品人云亦云，未出新意等等，需要我们进一步学习，深入研究，积极创作，努力实践，以期提高自己的诗学素养和创作艺术。

  这次论坛的主题是"什么是好诗，怎样写好诗"。什么是诗，尚没有一个标准的定义，要回答什么是好诗，只能仁者见仁，智者见智。中华诗词是中华传统国学重要内容之一。而国学则是在中华五千年文明发展进程中，逐渐形成的中华民族赖以治国兴邦、安身立命的一整套根本性的指导思想与理论体系。儒家的《六艺》以诗为首。《庄子·天下篇》云："诗以道志，书以道事，礼以道行，乐以道和，而易以道阴阳，春秋以道名分。"高度肯定《诗经》的地位。为后世提出"诗言志"的定位提供了充分的理论根据。

  中国诗学独标高格，孔子曾提出："温柔敦厚，诗教也。"孔子过隐谷见幽兰时吟道："习习谷风，以阴以雨。之子于归，远送于野。何彼苍天，不得其所。逍遥九州，无所定处。世人暗蔽，不知贤者。年纪逝迈，一身将老。"钟嵘在《诗品》中强调："气之动物，物之感人。故摇荡性情，行诸舞咏。照烛三才，晖丽万有，灵祇待之以致飨，幽微藉之以昭告，动天地，感鬼神，莫近于诗。"由此可见诗的功能不仅言志，不仅抒情，还有纯结心灵、净化社会风气的作用。诗者仁、诗者寿、诗者廉已为社会实践验证。

什么是好诗？论坛上有很多诗人从不同的方面进行了研究。我认为，凡具有家国情怀、心系苍生黎民的诗就是好诗；热爱生活、歌颂祖国大好河山的诗就是好诗；传递社会正能量、促教化、明得失、正风气的诗就是好诗；抒发高洁情怀、表达真情真性的诗就是好诗。"文章合为时而著，歌诗合为事而作"（白居易语）凡笔墨紧随时代，讴歌时代的诗就是好诗；凡针砭时弊，忧国忧民，对假、丑、恶展开善意批评的诗就是好诗。

怎样才能写好诗？我以为，一要坚持学习，善于学习。向古人学，煌煌中华国学有取之不尽用之不竭的营养；向民间学，诗的根在民间，在田间地头，在口口相传的民歌里。只有在学习中积累丰富的学识，积聚过人的才气，才能出口成歌，下笔成诗；二要走出书斋，身临其境，不搞闭门造诗。像今天上午的采风活动，走山访水观风景，联袂诗人文斗行，才能出真诗，出佳构；三要"好诗不厌百回改"，写出的作品要反复推敲，精心打磨，要有一种"语不惊人死不休"的写作态度，否则，要写出没有瑕疵诗词精品实属不易；四要用理论指导实践。没有深厚的诗学理论功底，很难写出理想的诗词作品。

也正是基于上述原因，论坛的目的就是要提高我们诗词写作的技巧和诗词作品的质量。只要我们坚持经年累月的砥砺，我相信不久的将来，恩施这个地方会形成一个诗的流派，会形成有别于其他地方的"恩施诗阵"。

清江诗词论坛今年是首届，明年将举办第二届。明年我们研讨什么呢？大家都记得范仲淹的名篇《岳阳楼记》，其实范仲淹在写《岳阳楼记》时没有去过岳阳楼，庆历四年春，滕子京被贬岳阳知州，重修岳阳楼后，派人画了一幅《洞庭晚秋图》送给范仲淹，请范仲淹为岳阳楼写记，随图附有《求记书》。《求记书》中有这样一段话："夫天下郡国，非有山水环异不为胜；山水非有楼观登览不为显；楼观非有文字称记不为久；文字非出于雄才巨卿不成著。"我个人认为，滕公的这段话深刻揭示了旅游与文化的关系。适逢恩施州近几年大力开发旅游资源，旅游已成为恩施州的经济增长点。但也无用讳言，我们虽有好的山水资源，有美妙的自然风光，如果没有文化底蕴，则这些原生态的风景名胜无法展现其长久而独特的魅力。我提议，明年第二届清江诗词论坛就以旅游与诗词楹联文化的关系为主题进行研讨。

　　为了感谢文斗乡人民的深情厚意，感谢文斗乡山山水水的诚挚厚爱，感谢文斗乡党委、乡人民政府的热忱款待，让我们燃起如火的诗情，举起饱蘸郁江水的如椽诗笔为文斗代言，为文斗创作出最壮美的画卷诗篇。

　　"江山代有才人出，各领风骚数百年。"恩施州诗词事业迎来了繁荣的春天。让我们用诗人的激情和智慧，为时代讴歌，为人民抒怀，为"文化强州"做出一个诗人应有的贡献。

谢谢大家！
2016 年 7 月 9 日于文斗

在恩施州旅游文化论坛暨第二届清江诗词论坛上的讲话

尊敬的崔宇辉书记，尊敬的李春胜主席、邓斌先生，尊敬的各位企业家，尊敬的媒体记者和各位文朋诗友：

大家上午好！

今天很高兴，由恩施州诗词楹联学会、恩施州旅游文化促进会、龙凤镇政府联合主办，由恩施市诗词楹联学会、恩施州一品文化传媒有限责任公司承办的恩施州旅游文化论坛暨第二届清江诗词论坛在美丽的龙马小镇隆重召开。我代表论坛组委会对各位领导、企业家、诗家文友表示诚挚的慰问。对龙凤镇党委、政府的鼎力支持表示衷心的感谢！对为本次论坛倾情付出的卢笛会长、陈虹董事长、张思楚会长，还有为我们提供服务的土司客栈、将军酒肆及其全部工作人员表示由衷的敬意！

今天的龙马，室外冬雨潇潇，室内热情似火，可谓群贤毕至，天公作美。

近段时间以来，湖南的苏仙岭一直令我魂牵梦萦，多少次心头都涌起要去看一看的念头。据说这苏仙岭原名叫牛脾山，位于郴州市东郊，因古时候有个叫苏耽的孝子在此升仙而易名。从自然地理的角度来说，我对苏仙岭一无所知，令我心生向往的并非苏仙岭有什么绝佳的风景。一次偶然的机会我读到一篇文章介绍说，苏仙岭山下有一个白鹿洞，离洞不远处有一座天然大石壁。盖因壁上刻有秦观词、苏轼跋和米芾的书法而被誉为"三绝碑"。大家知道，秦观秦少游是北宋著名词人，"苏门四学士"之一，深得苏轼赏识。苏轼苏东坡乃北宋著名政治家、文学家、书法家，其词独步两宋文坛，影响至今；其书法被称为"苏黄米蔡"之首，《寒食帖》被后人称为"天下第三大行书"。而米芾米元章也是了不得的人物，其书法俊迈豪放，沉着痛快，又因为人放荡不羁，世称"米癫"。有史可考，北宋绍圣三年，秦观因政治原因遭受打击被流放郴州。次年，秦观在苏仙岭客舍中联想到自己的身世，触景生情，写下了一首千古绝唱《踏莎行·郴州旅舍》词：

雾失楼台，月迷津渡。桃源望断无寻处。可堪孤馆闭春寒，杜鹃声里斜阳暮。驿寄梅花，鱼传尺素。砌成此恨无重数。郴江幸自绕郴山，为谁流下潇湘去。

该词在《淮海居士长短句》《碎金词谱》《唐宋名家词选》《全宋词》里面都有记载。而让人疑惑的是，在苏仙岭"三绝碑"上刻写的这首词与流传于世的版本有三处不同，"三绝碑"上的刻词是：

雾失楼台，月迷津渡。桃源望断知何处。可堪孤馆闭春寒，杜鹃声里残阳树。驿寄梅花，鱼传尺素。砌成此恨无重数。郴江本自绕郴山，为谁流下潇湘去。

尤为可贵的是刻词后面有苏轼两句跋语："少游已矣，虽万人何赎"。加上石刻出于大书法家米芾之手，"三绝碑"堪谓难得一见的宋代艺术瑰宝。

至于两词相较哪一首是秦观的原词，哪一首的艺术成就更高，另有专文述及，在此不作讨论。举这个例子旨在说明，苏仙岭对我的吸引无关风景名胜，完全是"三绝碑"的文化魅力之所在，这种文化的引力是无形的，是深刻的，是无法抗拒的。

黄宾虹先生说："中华大地，无山不美，无水不秀。"我深以为然。而中华文化之星河璀璨、波澜万古、历史悠久也是世之无所其匹无出其右的。

自古以来，江山胜景是大自然赐予我们的财富。除了有我们人类赖以生存的空气、阳光、水分、粮食等必需之物质外，还给我们奇花异草、秀水明山之感官愉悦。如果我们在仰观吐曜，俯察含章，欣赏自然美景的同时，能把一腔情怀付之笔端，发言为诗为词为联为文，寄托志趣，感喟人生。让自然风光与诗文合璧，既是山川之幸，也是人类文明之幸。诚如东坡先生在《前赤壁赋》中所言"惟江上之清风，山间之明月，耳得之而为声，目遇之而成色，取之不尽，用之不竭，此造物者之无尽藏也。"

记得去年七月在利川文斗举办首届清江诗词论坛时，我举了一个例子，大家记得范仲淹的名篇《岳阳楼记》，范仲淹作《岳阳楼记》时并没有到过岳阳楼，"庆历四年春，滕子京谪守巴陵郡，越明年，政通人和，百废俱兴，乃重修岳阳楼，增其旧制，刻唐贤今人诗赋于其上"后，请人画了一幅《洞庭晚秋图》送给范仲淹，请范仲淹为之写记。随画附有一封《求记书》，滕子京在《求记书》中写道："夫天下郡国，非有山水环异不为胜；山水非有楼观登览不为显；楼观非有文字称记不为久；文字非出于雄才巨卿不成著。"

我认为滕公的上述论点是非常有见地的。如果一个伟大的国家没有奇山异水、大漠雄关，实在算不得是锦绣江山；如果锦绣江山没有亭台杰阁供人登览，不足以彰显其壮丽的自然奇观，也无法让人将其秀美景致收纳眼底。而亭台楼阁无论建造得多么精妙，多么坚固，都无法抗拒风雨、战火、自然变迁、沧海陵谷的侵蚀、毁损，如果没有文字记载是不能长久的。然而文字如果不是出自名人巨擘的手笔，其影响力必然有限，很难使之流传下去，更不要说著于丹青史册了。

因为滕公，因为范文正公，让历史永远记住了岳阳楼，记住了洞庭湖，也记住了滕子京和范仲淹。

江山胜景所以引人入胜，不外乎两个原因：一是赏心悦目的自然风光；二是韵味深长的文化内涵。

像曹操之于《观沧海》：大海仅有浩渺烟波的客观景象是不够的，还要有"秋风萧瑟，洪波涌起；日月之行，若出其中；星汉灿烂，若出其里"的诗句来表现它；像王勃之于滕王阁：只需一句"落霞与孤鹜齐飞，秋水共长天一色"就足令阁序辉映，千古流传；像李白之于金陵凤凰台：金陵凤凰台是很难找到完整的古迹了，但是"三山半落青天外，二水中分白鹭洲"却永远留给后人以无穷想像；王之涣之于鹳雀楼，崔颢之于黄鹤楼，杜甫之于泰山，欧阳修之于醉翁亭，毛泽东之于娄山关等等。娄山关就是一座很平常的山，就是因为毛泽东一句"苍山如海，残阳如血"的神来意象，从此娄山关就仿佛有了灵魂一般，让多少英雄豪杰、骚人墨客在梦中神往。

远处不说，单表恩施，近几年随着旅游大开发格局的形成，交通条件大幅度改善，极大地方便我们得以将美丽的恩施推介出去。恩施有举世闻名的巍巍大峡谷，有名贯亚洲的腾龙洞，有小平说的那颗树，有风情万种的龙船水乡，有集雄奇秀险于一身的石门河，我曾经为建始高坪的石门河写有八首采桑子，其中之一写到"石门一卷荆关画。风笔如刀，雨墨如膏，满眼风光着意雕。 登山观水堪怡性。百卉争娇，万壑争高，到此何人魂不消。"《中华辞赋》《诗词家》等杂志发表后，石门河引起了诗词界极大的兴趣。恩施还有赛五岳的黄鹤桥，有深山明珠坪坝营，有水色清明十丈的清江，有曲折浩荡的长江；还有建始直立人、唐崖土司、恩施土司城等许许多多古老的人文景观。其极佳的生态环境外，还有丰富的饮食文化，如恩施玉露茶、龙马小叶茶、鹤峰绿林翠峰茶、建始马坡茶、中国关口葡萄、景阳核桃等名优特产。这些都需要我们用文化去精心打造，用诗笔去精心描绘，以期为子孙后代留下丰厚的旅游文化精品。也正是基于这种考虑，才有了今天专门研讨旅游诗词文化的论坛，有了今天龙马小镇这一次旅游诗文盛宴的美丽邂逅。

相比自然风光而言，文化的生命力是永恒的。它比任何天地造化、能工巧匠、鬼斧神工的设施都要恒久。文化是浩瀚之水，虽无形，然其渗透浸融的力量无可比拟。文化是参天大树，故有根，然其根深则自然枝繁叶茂。祝愿我们恩施的山山水水、村村寨寨，因为有了我们智慧的椽笔，都能有一诗一词一联一赋一文流传于后世。百年以后，恩施不独有名闻天下的胜景，更有丰厚而灿烂的人文。

谢谢！

2017年11月19日于龙马风情小镇

晚崧新韭诗苑清芬

——序柳茂恒《柽柳诗抄》

序者，自序或序人之著作也。诗人柳茂恒先生诗词集《柽柳诗抄》付梓在即，嘱我为序，欣然从命。

柳茂恒先生，建始县景阳镇青龙河人氏。种过田、教过书。可谓耕读不辍、诲人不倦，更以诗礼持家、耿介率性名闻乡梓。忆及与柳先生相识，得益于诗词为媒。2002年我有词《水调歌头·雪》刊行于世，先生看到词中"极目天低处，物我两冰人"时，援笔次韵"共在蓝天下，何出此狂人"。从此神交唱和，短信不断。直到一个偶然机会见到柳先生，彼此就像多年老朋友一样促膝谈诗惺惺相惜了。当是时，我写了一首《西江月·赠柳茂恒先生》短信录呈柳先生指正。词曰："问候青龙河畔，依依杨柳堆烟。几番暗约又明年，恨不相期晤面。早慕云停诗就，才情德艺双妍，高风驻野慰遗贤，吟出心香一片。"柳先生回赠了一首《西江月·次韵答清安君》："早动遐思欲访，丹阶恍隔云烟。春雷震耳有经年，只在梦中谋面。一曲阳春难和，腾王阁里花妍。岂依发色论高贤，愧得春风一片。"

以年龄论，我跟柳先生算是忘年之交。作为在诗词方面卓有造诣的柳先生，其谦虚品格于词中可见。后来由于居址相距较远，加之工作原因，很难见上一面。柳先生多次邀我到他府上作客，我一再爽约。庚寅年春，柳先生用手机短信发来一首诗："紫薇花谢又开时，新燕呢喃告我知。可是山高门户矮，几番相约只成思。" 顷接诗作，内疚顿生，草拟几句《答柳茂恒公》："春风邀我景阳行，电语长吟感盛情。待到山花开烂漫，清明时节报莺声。"

就这样，是年清明放假之际，我驱车赴青龙河柳先生家，柳先生邀请了素著诗名的柳枝印先生和雷成文君一同聚于冬桃斋高谈低吟、把酒侑诗，至今忆起，不觉快哉。

青龙河，灵山秀水，景致清幽。过景阳河经粟谷坝，起伏蜿蜒，山重水复。由于初临宝地，难辨路径，不像现在可以手机导航。幸赖柳先生将《路标》短信发我，方才如期抵达："庚寅清明际，清安君欲访寒舍，询其路径，余以绝句二首答之"。其一云："谷深万丈几山斜，百里驱车穿雾纱。跨过青龙河水后，盘旋林道入云霞。" 其二云："几树浓阴几树花，岭南岭北尽桑麻。欲知老柳居何处，路转溪桥第一家。"

诗人指路，果然与众不同。两诗主题鲜明，语言晓畅。虽是写景，又景含哲理。前一首采用白描手法描写一路谷深山斜、云迷雾漫、路艰途险的自然环境，转句交待青龙河是必经之地，符合"路标"题旨；结句给人以鼓励以希望："盘旋林道入云霞。"是啊，人生尤其如此，不管经历多少坎坷多少曲折，只要百折不回，初心不改，最后一定会到达美丽的云霞之巅。第二首诗起句"几树浓阴几树花"照应前一首结句之"云霞"，承句"岭南岭北尽桑麻"以典型农村风光暗喻主人是勤劳人家；第三、四句转合有度，回归题旨，意境高妙。特别是结句"路转溪桥第一家"并非简单写实，柳府旁边确有一座小桥，但同时暗示主人家乃当地书香望族"第一家"，即是自信也是追求。一语双关，耐人寻味。

在青龙河与诗人柳茂恒、柳枝印先生及雷成文君雅聚的几天里非常惬意，后有词《浣溪沙》两首纪之。其一曰："水曲山横路径迷，悬崖险壑任高低。此心早向彩云栖。欲问桃斋何处去，桥边青瓦掩芳枝。一庭柳色一庭诗。"其二曰："幽壑林泉托此身，栽蕉植柳复栽云。清风爱我远芳尘。一幅丹青谁画得，堂前屋后叫声频。山花山鸟两相亲。"

古今诗人身受儒家文化熏陶，大都具有家国情怀，也极富鲜明个性。诗人热爱生活、陶冶情操，追求真善美。秉持"穷则独善其身，达则兼济天下"文人士大夫精神，诗人是真正的君子。

在这方面，诗人柳茂恒先生也不例外，捧读《柽柳诗抄》，感觉一卷诗抄就像一面镜子折射诗人的思想。面对现实中的丑恶现象，诗人托蝶以刺："风流闲逛客，及第探花郎。长把群芳嗅，难分哪朵香。"诗人借雪以讽："一自高天下八荒，罡风挟裹野茫茫。曾经纳垢藏污处，大小虫儿已冻僵。"看到社会的不公，诗人取蜜蜂作喻："晨光亮丽出山梁，曼舞轻歌入露乡。岂料酿成甘汁后，遭人豪取毁营房。"诗人寄山行以思："峻岭沟深怪石排，行人至此总徘徊。初开混沌神功斧，何不高低对等裁。"诗人顾影自嘲时有诗："十指粗圆硬茧黄，教鞭才搁又麻桑。平生苦写凌云志，血性难移对夕阳。"诗人面石自警时有诗："岿然一石大江横，阻浪扼波听雨声。更有风从空穴至，身端骨硬任他鸣。"这些诗虽似脱口而出，又符合法度、妙然天成，非高才而不能为也。

对于诗词格律问题，我素来主张是要讲究的。格律不会束缚人的思想，更不会禁锢人的灵感。格律往往是出好诗出精品的必要条件。因为有格律规范，才需要诗人布局谋篇、锻句炼字，需要诗人创作时不可草率。但诗词一道，格律只是基础，属于技术活儿范畴。格律是相对初学者而言的，一旦格律过关了，诗人能够驾轻就熟，做到心中无格律，笔下有法度，佳作叠出则指日可待也。那些害怕格律难学，拿以律害意为借口，研习诗词浅尝辄止，不讲声韵不论平仄的做法，实不可取。无格律的诗词算不上诗词，属假冒伪劣诗词，这些文字既不能登堂亦难以入室。古人云："作诗须讲法度、格律，此为初学者言之也。"又云："能诗者往来驰骋，自然入妙；如章摹句效，拘于格律，役于古人，必无佳作。"王夫之亦云：凡言法者，未必合法。释氏有言，法尚应舍，何况非法。艺文家知此，思过半矣。"（王夫之《夕堂永日绪论内篇》）这就说明无论是创作还是鉴赏格律诗词必先过格律关，只有过了格律关后，才可以达到随心所欲不拘格律之境界。《柽柳诗抄》里面很多诗看似冲口而出，清新自然，但无一不合法度，无一不遵从格律。读者诸君不妨仔细揣摩，方知此言不谬也。

　　诗作为一种至高文学艺术，亦必然遵循"来源于生活高于生活"的艺术规律。诗人要善于从生活中去体验、发现、捕捉真善美，而后加以艺术提炼，形诸于诗，才可能达至自悦悦人的境界；才能达到既抒发感情，又教化社会之目的。因此，诗材既可以是一朵雪莲，也可以是一株狗尾草；既可以是非凡珍品，也可以是寻常事物；既可以是揭地掀天之赫赫功业，也可以是普通百姓之琐碎生活。关键是诗人如何去把握去深化去再创造的问题。

翻开诗抄，发现诗人笔下诗材极为丰富，春韭秋菘，诗苑清芬。寻常事物信手拈来，生活琐事援笔入诗，方言俚语入口即化。如《烧开水》："梭钩缓降煮铜壶，猛火攻来唱且呼。莫信虚鸣生错觉，沸腾之水响声无。"烧开水是农村家家户户最寻常不过的事情。家里来客人了，火坑里燃着一大堆柴火，梭钩上吊着铜炊壶，火舌呼呼舔着壶肚，主人的热情与好客都在铜壶里面煮着呢。这情景在诗人笔下绘声绘色，更可贵的还写出了一种滋味："莫信虚鸣生错觉，沸腾之水响声无"，这滋味极富生活哲理。"响水不开，开水不响"的民间俗语一经诗人提炼为诗，境界顿生。还有《移栽梦花树》："幼苗移自老家园，栽向租居场坝边。待到枝头花怒放，慢编春梦抱香眠。"《锯柴》："自小山中每锯柴，强身键体有何哀。少时练就纯青技，到老不虚坚硬材。"《摔碗酒》："鼓乐喧天弦管催，酒筵百桌隐山隈。只闻一阵干声起，漫卷香风玉碗飞。"栽花、锯柴、喝摔碗酒这些生活化的诗句在诗抄中随处可见，读者可以发现这些诗句无一不源于诗人自身深刻的生活体验，一经诗人独具匠心的安排，发言为诗就会给人以美的享受。还有，如诗人写花猫："玲珑乖巧虎纹妆，四处巡游守库房。"写苦雀："繁花似锦春风暖，何立枝头苦苦吟。"写孤鸟："想是平时娇养惯，失群孤野悔来迟。"写油灯："自从爱迪生来后，旮旯栖身不再夸。"写家犬："看家护院身相许，白屋朱门不择窝。"等等，像这些意象虽然普通常见，不是任何人都可以捕捉成诗的，这需要诗人从寻常意象中去发现去提炼，并使之从物境上升到意境、情境，这样读者就能从诗中悟出一种"别有怀抱"的味道。唐人王昌龄论诗时有"三境""三不""五趣向"之说，"三境"即物境、意境、情境；"三不"即不深则不精，不奇则不新，不正则不雅；"五趣向"即高格、古雅、闲逸、幽深、神妙。（王昌龄《诗格》）在我看来，诗人柳茂恒先生在这方面也是深得个中三昧的。

熟悉柳茂恒先生的人都知道，柳先生是一位勤奋的诗人。《柽柳诗抄》是诗人从十年间创作的1800多首诗词作品中精选而成的。十年前，柳先生有《柽柳风》一书问世，其诗作数量之洋洋大观。通读《柽柳诗抄》不难发现，诗抄不仅数量多、题材广，更值得可喜可贺的是质量也很高。

作诗要有一定数量，盖因诗人需要通过多写来历练；诗境之精深只可意会，不可言传；只可神通，不可笔述，需要诗人在勤奋中去悟去思去积累去提高，但是仅以数量取胜是不行的。现实生活中有少数诗人表现得很浮躁，恨不能日产一首甚至数十首，遗憾的是缺乏一种工匠精神。最后产量上去了，可是质量值得商榷。我不主张成熟的诗人一味追求数量追求速度，古人那种一挥而就的才情并不多见。所谓"口占""即席成诗"都或多或少有演绎的成分，好多作品事后都经过了作者再创作。曾经就这一话题我与柳先生进行过深入的探讨与交流。要创作出真诗好诗，认为还是要千锤百炼、厚积薄发为好。千锤百炼从数量上着手，厚积薄发从质量上着眼。不然，纵使数量上可以载入吉尼斯世界纪录大全了，质量上不去，于人于己是没有益处的。刘熙载《艺概·诗概》云："诗可数年不作，不可一作不真。陶渊明自庚子距丙辰十七年间，作诗九首，其诗之真，更须问耶？彼无岁无诗，乃至无日不诗者，意欲何明？"而关于作诗速度问题，前人也有过总结，"作诗不贵速成，自昔词人琢磨之苦，至有一字穷岁月,十年成一赋者。"(宋何薳《春渚纪闻》)刘氏、宋氏之观点值得今人深思,古往今来诗人以诗名世者,或者一句,或者一联,或者一篇即以足够。当然很多诗家不只一首好作品令人点赞则另当别论!

我一直在思考一个问题,我们为什么要写诗?古人写诗不外乎抒发感情、感喟世事,很少有为作诗而作诗的,很少有为发表而作诗的,更很少有为博取功名利禄而作诗的,因此流传下来的作品经得起审美的检验,经得起历史的检验。现在很多诗友作诗的目的较为模糊,并非完全为了陶冶情操。因此在创作过程中缺乏一种精益求精的精神。南宋时有一个叫俞文豹的诗论家在《吹剑录》中说:"诗可以为,可以不为。有其才,有其时,有其兴,则为之可也。志于功名,志于事业,则不可为也。"俞氏观点有其对的一面。至于"志于功名,志于事业"而写诗也是正当追求,只要不是无病呻吟,不是"为赋新诗强说愁",也未尝不可。从诗抄中我们可以发现,诗人不仅注重诗之数量,而且更注重质量,在检校成集时,面对苦吟而成数千首作品,正如诗人自己所说的那样:"忍痛割爱,大开杀戒",最终奉献给读者才有可能是一部上乘之作。

诚然,研习诗词之道,除了要靠亲身体验生活外,还当熟治经史。诗词限于篇幅,需要节文省墨,笔力洗炼;需要以少胜多,以简胜繁,所以恰到好处的用典化典是丰富诗词内涵的最佳途径,研习诗词应当研习国学,从经史中汲取营养。前人于此亦多有论述。黄山谷《黄山谷诗话》云:"诗词高胜,要从学问中来。"严羽在《沧浪诗话》中也说:"夫诗有别材,非关学也;诗有别趣,非关理也;然非多读书、多穷理，则不能极其至。"陈师道《后山诗话》说得更是直白："近世少年，多不肯治经术及精读史书，乃至纵酒以助诗，故诗人致远则泥。"《柽柳诗抄》中也有很多化典无痕的例子，足以展示诗人古典文学之底蕴。试举一例《听仙源兄鼓琴》："一弦清曲出松林，飘向琴台联古今。陶醉之人除了我，有谁能识此中音。"

听友人鼓琴，由一弦清曲飘向琴台读者联想到高山流水的典故。"琴台"是传说中俞伯牙摔琴谢知音的地方。诗人自比钟子期，将友人比作俞伯牙，明写琴声高妙实则歌颂友情。如果没有这个典故，仅凭"陶醉之人除了我，有谁能识此中音"两句是不能定论二人情谊之深厚的。

诗人用典不独诗中，词中也有很多。在诗词中恰当地用典，能让凝炼的诗语包含丰富的信息量，能使简练的词汇蕴涵饱满的情感，非用典化典不能达到其撼人心魄的效果。

身在田园，情系山河，心念黎民苍生。山水田园诗词是《柽柳诗抄》的一大特色。付梓前，柳先生将诗稿传我，诗抄将田园诗单列一篇，我觉得其他作品皆以律绝词体例编排，田园诗词中也是律绝词体例，故单列田园诗篇似有不妥，建议将田园诗篇重新编排到其他各体例中去，柳先生从谏如流。由此可见柳先生对其田园诗作是非常重视并引以为傲的。我认为某种程度上，柳先生的田园诗词继陶渊明、孟浩然后，以清新淡雅的风调填补了当代田园山水诗词之人间烟火味的不足。像《山里人家》："松环竹绕水涓涓，觅食群鸡逐野田。更有山中黄胆雀，将窝垒到院墙边。"将人与动物和谐共处的自然生态写得如此美好，是一首难以见到的好诗。《久旱逢雨》："春来少雨地扬灰，禾稻枯焦心若摧。

昨夜一场甘露至，悄然润物未闻雷。"《乡之气息》："春风送消息，绿色满村屯。请看山边竹，笋儿临产盆。"《雪耕》："竹抖松摇一夜功，远山近岭失葱茏。野田犁叟鞭挥处，甩碎冰花甩碎风。"这些独具匠心的诗句富有很强的感染力。

诗难工，词尤其难写。翻开诗抄，你会发现柳先生的词很有特色。很多人以为词体灵活、用韵宽泛，特别是长短句间杂，更易于抒发感情，所以断言写词比写诗容易。其实这是个误区，词较于诗是最不好把握的。不好把握的关键点在于选调选韵上。词有定调，调有定句，句有定字，字有定声。写词又叫倚声填词，就像音乐一样，歌词所要表达喜怒哀乐的不同情感必须与曲调的声情谐会。而词中声情是由每一词牌的句度长短、韵位疏密决定的，古人在这方面十分讲究。宋人沈括在《梦溪笔谈》卷五《乐律》中曾说过："唐人填曲，多咏其曲名，所以哀乐与声，尚相谐会。今人则不复知有声矣！哀声而歌乐词，乐声而歌怨词，故语虽切而不能感动人情，由声与意不相谐故也。"综观部分今人作词，由于不懂得词牌与抒情的关系，只知遵守一定格式一定平仄一定声韵，全然不管曲调原有声情，所填之词是很难感动人的。故填词者首先要根据自己情感的需要选词牌，像《破阵子》《满江红》适宜表达激昂的思想感情；《水龙吟》《贺新郎》《念奴娇》宜抒发豪放、慷慨一类的情绪；《六州歌头》最好抒写苍凉、悲壮的情感；《忆江南》《浪淘沙》《浣溪沙》《鹧鸪天》《相见欢》《采桑子》《清平乐》等可以表达各种不同的忧乐情怀；《蝶恋花》《青玉案》适合幽怨、低回的感情渲泄。而这些不同情感的表达，是不能弄反的。否则就会闹出用《千秋岁》词调来写祝寿词一类的笑话。

填词除了选调外，还要注意选韵。无论是《平水韵》《词韵》《中原音韵》还是《词林正韵》，古人根据韵的声情、性质分为不同的韵部是有道理的。像"东冬"宏亮；"青庚"清劲；"支思"衰萎等，分得清楚则会各尽其妙。明人王骥德在《方诸馆曲律》卷三《杂论》中说：各韵为声，亦各不同。如"东钟"之洪，"江阳""皆来""萧豪"之响，"歌戈""家麻"之和，韵之最美听者。"寒山""桓欢""先天"之雅，"庚青"之清，"尤侯"之幽，次之。"齐微"之弱，"鱼模"之混，"真文"之缓，"车遮"之用杂入声，又次之。"支思"之萎而不振，听之令人不爽。至"侵寻""监咸""廉纤"，开之则非其字，闭之则不宜口吻，勿多用可也。上述王氏之论虽属一家之言，但我认为在写词选韵时值得参考。

　　一卷诗抄，柳先生的词在选调选韵上都是下了功夫的，虽非首首精品，但确有很多不俗之作。像《定风波·回首》："跋涉荆途野水间，身如矫燕技如猿。窄径险滩留我影，冰冷，又经暑热酷寒煎。凡事不忘肝胆照，堪笑，暗流涌动苦争先。自打田园归去后，贪酒，半醒半醉北窗眠。"《水调歌头·花坪小西湖游记》："山抱一湖水，水拥一天霞。柳烟堆里犹现，错落几人家。只见风掀苇浪，更有澄波荡漾，亭榭掩轻纱。隐约杨荫下，垂钓有翁娃。"《浣溪纱·寄廷林君》："一盏清茶酒一盅，柳阴闲坐对苍穹，云间燕子唤书童。"等脍炙人口词作，令人如有含英咀华之感。

　　读完《桠柳诗抄》，我发现这部诗词集还有一个重要的特色，就是每首作品都能让人感觉到用的是现当代语言，写的是现当代生活。不像现今有的作者写出来的作品，如果不加注释的话，还以为是唐人宋人明人清人的作品，陈辞旧调，毫无新意。笔墨随时代，旧瓶装新酒，始终是当代每个诗人要实践的。行文至此，用两首小词权为本序作结吧。

减兰·奉题《柽柳诗抄》

青龙吐浪，化作万千新气象。韵列玑珠，水影山光入玉庐。胸藏丘壑，满纸云霞光铄铄。不负诗心，一卷阳春放胆吟。

最高楼·读《柽柳诗抄》寄怀

清江畔，紫燕剪春风。潇洒柳诗翁。遍栽稻菽南山下，广培桃李砚田中。把殷勤，都付与，两葱茏。慨年少，风流谁不羡。叹年老，精神谁不愿。情万缕，酒千盅。光阴百代皆过客，人生一世类飘蓬。又何妨，归去矣，看云峰。

岁次戊戌榴月于抱一壶庐

欲借九天云试剪

——序《张绍文诗选》

卿云，古为祥瑞天象。《汉书·天文志》云："若烟非烟，若云非云。郁郁纷纷，萧索轮囷，是为卿云。"上溯中华诗歌源头，四千年前虞舜作《卿云歌》堪称中华泱泱诗国的奠基之作。据《尚书大传》记载，虞舜禅帝位于禹，乃倡之曰："卿云烂兮，糺缦缦兮；日月光华，旦复旦兮。"灿烂若霞的卿云哟，你异彩纷呈，壮丽辉煌；光芒四射的日月哟，你日复一日升起在东方。接着诸臣相与唱和："明明上天，烂然星陈，日月光华，弘于一人。"……这样一首光昌亮丽、礼赞光明的颂歌，它不仅昭示着一个伟大民族从太古洪荒中走来，还可以把它看作是民主政治的发端。何也？《卿云歌》在民国时期曾被推荐为国歌。推荐者的理由是："帝舜始于侧陋，终于揖让，为平民政治之极则。遗制流传，俾吾人永远诵习，藉以兴起景行慨慕之心，似于国民教育大有裨益。"更有人评价："夫舜起匹夫，不私天下，为四千年前东方之华盛顿。"可见《卿云歌》实乃人类文明的骄傲，其影响之巨大之深远，非区区笔墨能就。

时逢中华民族百年难遇伟大复兴之盛世，编辑出版《卿云诗丛》既是对虞舜这位上古圣贤及其《卿云歌》一种很好的纪念方式，也是探索中国优秀诗歌如何传承、发展、创新的一次有益尝试。诗人张绍文诗集《张绍文诗选》被选收《卿云诗从》刊行,这是一个时代的幸运,更是一个诗人的幸运。

说来有趣,王海峰先生将《张绍文诗选》电子版发我审阅并嘱我作序时未附作者简介。古人云"知人论诗",大凡要评价一位诗人的作品必先了解其身世、经历等,以防赏读其诗作时对其诗中所要表达的思想情感的理解把握不准。但凡事没有绝对,"以诗鉴人"也是完全有可能的吧!

《张绍文诗选》凡742首,分七律、五律、七绝、五绝四编。诗歌写作的时代背景,应该是诗人退休后:"雪鬓清心访韵坛,香馨醉我苦耕田"(《老入诗坛》)。而"衙舟宦海正归期,渐悟航程几度迷。莫让愁纹爬鬓角,应将悦色筑眉篱。山清踏露身惊鹤,水澈披霞影逗鱼。已是坡前闲放马,悠然闹市入茶席。"(《宦海欣归》)说明诗人退休前是一名公务员,赋闲在家后即潜心诗山韵海"烹文煮字"。

自古以来,诗人没有不热爱自己家乡的,大诗人李白那首妇孺皆知的"举头望明月,低头思故乡"便是例证。诗人张绍文也不例外,《张绍文诗选》中就有大量歌颂家乡的诗作:"绕市听莺堪悦耳,围湖赏月更清心。"(《赞铁岭新区湖人队》)"小葱蘸酱千山酒,土豆出盆铁岭情。"(《欢迎沈阳诗苑版主来铁岭赏荷》)"铁岭新城清水湾,莺啼柳荡看春还。寻幽不必江南去,湖畔销魂凤冠山"(《铁岭新城之城》),还有《铁岭灯展》《铁岭莲湖赞》《新城过中秋》《铁岭第三届荷花节》《铁岭湿地十四景》等等,这些不吝笔墨无比深情讴歌、赞美的文字,无不给读者以美的愉悦,以身临其境的感受,读着这些诗句心底也会兴起去游览观赏的念头。可以说,如果不是出于对自己家乡的热爱是无法写出这样优美、令人怦然心动的诗句的。通过这些乡情浓郁，笔触细腻的作品，我们不难知道，诗人必是来自辽宁省铁岭市一个叫银州的美丽地方吧。

《张绍文诗选》中有很多充满正能量，弘扬主旋律的优秀作品，这些作品充分展示了诗人与时俱进，忧国忧民的赤子情怀。如："舟龄已到九十三，航起嘉兴鼓巨帆。斧刃刀锋驱日寇，旗红星灿斗敌顽。和谐社会求强富，法制国家保泰安。消灭苍蝇捉老虎，乘风破浪过礁滩。"（《乘风破浪党扬帆》）这是诗人用诗歌来表达对共产党的热爱，对老虎苍蝇的憎恶。"早唤晨阳晚伴星，帚毫地纸绘丹青。挥锹酷暑一身土，运袋严寒两鬓冰。最喜长街车慢过，堪忧窄巷客疾行。身脏路险唯一愿，废品残渣莫乱扔。"（《环卫工赞》）这首诗通过对环卫工人的刻画，表达了对劳动人民的赞美之情。"苍蝇落网臭成堆，老虎归笼顿魄飞。先烈天堂挥泪骂，王八犊子太心黑。"（《反腐》）这是诗人对贪腐分子无情的讽刺与鞭挞。"百姓频呼焦裕禄，只缘腐败渐头抬"（《怀念焦裕禄》）等。读者通过这些作品可以感受到一个诗人的正气与正义，感受到一个诗人的良知与情怀。

捧读《张绍文诗选》可以感知诗人创作之勤奋，退休生活与诗书为伴，以诗明志，不仅独善其身，还一定程度上教化了社会。诗人知道，作诗最苦，字斟句酌。那种出口成章，倚马可待的诗人少之又少。"自昔词人琢磨之苦，至有一字穷岁月，十年成一赋者。白乐天诗词疑皆冲口而成，及见今人所藏遗稿，涂窜甚多。欧阳文忠公作文改毕，贴之墙壁，坐卧观之，改正尽善，方出以示人。知大手笔不以一时笔快为定，而惮于屡改也。"（宋何薳《春渚纪闻》）诗人张绍文也深谙个中滋味。"临伏煮字医诗瘦,数九烹文御笔寒。"(《老入诗坛》)"仄平粘对难循度,起转承合不恰当。惹怒妻儿分室住,闲书任乱半边床。"(《学诗之苦》)这种在外人看来神经质的苦吟生活于诗人来说是很充实的,特别是每当"两句三年得,一吟双泪流"时,心中的喜悦之情非外人所能体会。也正是因为勤奋,诗人丰富的内心得到了诗意的释放,其在诗歌方面的创作也得到了社会广泛的肯定,丙申年当选为辽宁省诗词学会副会长后,在诗歌创作路上并没有止步,"丙申岁首鹊登楼,省会加爵做帜旍。韵海遥航欣入港,诗田广陌愿当牛。深知健笔凭勤练,更悟精文靠苦求。即使滥竽充数者,也应效力报骚俦。"(《任省诗词学会副会长有感》)令人欣慰的是,诗人的创作成就与社会的认可度是名实相符的。

面对时下纷繁复杂的社会,在我看来一个人要有诗心,最好是做一个诗人。做诗人至少有两大好处:一是长寿,这或许是长期动脑的缘故;二是养廉,一个真正的诗人必定也是君子,是真名士,是一个讲气节有操行的人。诗人张绍文就是这样的人:"几弄心琴对月弹,虚音绕耳亦欣然。无权无势得安稳,有墨有书可放闲。作画吟诗常忘寿,敲棋赌酒不思年。当初未敢贪私欲,故老床高夜梦安。"(《写闲》)无私品自高。只有一个没有私欲的人才能够顶天立地,活得安然,睡得踏实。

"大舜云:'诗言志,歌永言。'圣谟所析,义已明矣。是以在心为志,发言为诗,舒文载实,其在兹乎!诗者,持也,持人情性;三百之蔽,义归无邪,持之为训,有符焉尔。"(刘勰《文心雕龙·明诗》)"诗言志,歌永言""在心为志,发言为诗"。古人写诗不是为了发表，而是为了抒发自己情怀，抒发人生志向与抱负，所以"三百之蔽，义归无邪"，写出来的诗是真性情的诗。"炉前美酒喜相斟，塞外诗情伴雪吟。已有寒门结雅客，焉须吏殿拜俗君。床边觅字能从韵，月下读书可静心。回首人生苍莽路，斜直步履尽留痕。"诗人张绍文这首《冬韵》诗就是属于真性情的诗，诗人以诗明志，即使身在寒门也只与"雅客"往来，诗书为伴，绝不与名利场中的"俗君"为伍。

《张绍文诗选》从内容来看，主要是感时、咏景、抒怀，无疑有很多好诗。如果硬要说有什么尚需改进的地方，就是题材窄了点。像写春夏秋冬四季的诗太多，难免缺少新意。天下事天下物天下人皆可入诗，关键在如何立意，多琢磨，敢创新，写出前人未有之作品，这样才能出精品，才能避免只有数量没有质量，只有"高原"没有"高峰"的现象。

丁酉秋月于抱一壶庐

如花妙笔 继雅开新

　　唐白居易有论："文章合为时而著，诗歌合为事而作。"清赵翼论诗也说："诗文随世运，无日不趋新。"对于诗歌而言，无论是"重写实、尚通俗"的白居易，还是"重性灵、主创新"的赵翼，两位不同时空的大师都一致强调创作的时代性。

　　文学是人学，其创作的主体是人。有着深邃思想、丰富情感的人有了诗心，要成为一个合格的诗人则水道渠成。诗歌作为文学百花园里的一朵芳葩，更应具有时代性。从诗歌的源起来看，无论是诗言志、诗缘情，抑或是诗缘政，诗歌都是诗人对其所生活之特定时代的一种感喟一种反映，也可以说是一种特殊方式的记录。以历史经验观之，只有紧随时代的笔墨才有积淀、传承的意义。是故，当代诗人在继承传统雅韵时更应注重运用当代语言反映当代人生活、抒发当代人情怀写出有思想有温度有情感的当代诗。一言以蔽之：继雅开新。当代诗人应旗帜鲜明地反对一味复古、仿古、摹古的作品，当代诗人应大力提倡写当代诗。

　　诗人余合智先生的诗词联集《一路歌吟》正是这样一部具有鲜明时代印记的著作。

　　了解余合智先生始于一副对联。2015年除夕之夜，跟大多数中国人一样，团年饭后全家人便兴致勃勃聚在一起观看央视春节晚会。自电视普及并央视第一届春节联欢晚会节目直播开始，观看春晚几乎成了过年的一种仪式。是年除夕子时，当寄寓新旧交替意义的零点钟声敲响之际，央视著名主持人董卿声情并茂地向全国电视观众吟诵一联：

全家守岁，心醉一年好景；
零点敲钟，梦飞万里神州。

这副联在央视"100副猴年优秀春联"中脱颖而出，其作者正是巴东诗人、楹联专家余合智先生。此联能在央视春晚中大放异彩绝非偶然，因为作者匠心独运，此联切景：除夕守岁；切时：子夜零点；切事：举国敲钟。由"全家"之小到"神州"之大，由"好年景"到"中国梦"，直抒亿兆中华儿女之时代胸臆。此情此景，董卿欲借联抒怀，舍此其谁。由此而后，笔者便时时关注余合智先生笔下联作，发现很多佳对摒弃古老陈旧的意象，像桃红柳绿、乳燕新莺、和风时雨、美酒金樽等等，取而代之是以一些贴近时代的语汇、大事作为创作的对象，像峰会、公仆、大国、南海、全球等，试兹举几例：

听南海涛声，看中华崛起；
话杭州峰会，显大国担当。

与天同大人民利；
比海更宽公仆心。

民似南湖水；
党如北斗心。

> 万众凝心，追逐炎黄梦想；
> 全球侧耳，聆听中国声音。

> 正风须固本；
> 反腐不收官。

这些联语读来鲜活明朗、不生不隔，充满着正能量，非笔力深厚者不能为之也。

读了余合智先生很多妙联佳对，知道其堪称对联高手实不为过。直到展读其大作《一路歌吟》后，才发现他不仅善于制联，且于诗、词一道亦十分精通。

通读《一路歌吟》，笔者发现该书简直就是余合智先生工作、生活、事业的一种艺术缩影，是一代电力人盎然风采的集中展示，更是一卷诗人所处伟大社会的时代颂歌。如：

> 东风浩荡沐春晖，使者翩翩处处飞。
> 耀眼珍珠串山寨，人民心里铸丰碑。
>
> ——《农网改造》

> 深山峡谷把身藏，一片丹心向太阳。
> 找我不需多费力，时时守在电机旁。
>
> ——《发电工人》

> 天时地利更人和，银线生辉奏凯歌。
> 数载美称传九域，英雄豪气壮山河。
>
> ——《英雄豪气壮山河》

> 银线凌空气势雄，巴东电网并华中。
> 万家灯火迷人眼，天雨随心我最红。
>
> ——《巴东县电网》

从这些诗中诗人自注来看，无疑是一部诗人亲身经历的电力事业发展的历史，但不是简单的镜头记录，而是把普通工作、平凡事业高度艺术化提炼后形成于诗，从而使这些默默无闻的劳动者，这些以供电工作为终生事业的"光明使者"给人以一种震撼心灵的美。如：路陡山高车不通，乡民无电梦成空。光明使者多奇志，誓让穷村改旧容。穿壑谷，上高峰。年年背篓立丰功。明珠闪耀心花放，恰似山花朵朵红。——《鹧鸪天·恩施"背篓电工"》"穿壑谷，上高峰。年年背篓立丰功。明珠闪耀心花放，恰似山花朵朵红。"恩施"背篓电工"是恩施山区特殊环境形成的一道亮丽景观，他们年复一年日复一日创造出来的辉煌业绩永远留在青山绿水之间，他们所展现出来的艰苦精神永远定格在诗人笔下，虽艰苦但令读者感动，虽平凡但令后人景仰。

《一路歌吟》集子中有很多作品都与电力事业发展有关，如《浪淘沙·三集五大》《清平乐·抗冰保电》《沁园春·创星工程》《沁园春·全球能源互联网》《长江三峡成功蓄水175米》等。如诗人在《电力工人》一首诗中写道：

> 勤把光明送，城乡情与共。
> 甘当盏盏灯，点亮中国梦。

短短20个字，写出了诗人包括诗人在内的所有电力工人那种为了"点亮中国梦"的理想而甘愿默默无闻的奉献精神。诗集中很多这样的作品，字里行间无不充盈着诗人对电力事业的热爱，倾注着诗人对电力工作的感情，这种热爱这种感情是一种大爱，是一种爱人民、爱祖国的具体表现。文学作品无论是叙事还是抒情，都可以运用艺术表现手法以小见大，以微观见宏观，以具体的人、事、物来见证时代的变迁、社会的发展。热爱自己的工作本质上就是热爱祖国奉献人民。优秀的文学作品往往都能引起读者的共鸣，都能给人以阳光以朝气以满满的正能量，都能给人一种艺术的美的感受。

以诗词联作来讴歌当下时代，艺术地再现当下社会中的政治事件是《一路歌吟》这本集子的重要特色。像《满江红·观胜利日阅兵》《采桑子·贺党的十八届五中全会召开》《清平乐·中国梦》《浣溪沙·贺党的十八大胜利召开》《采桑子·中国女排》《入党宣誓》《改革开放30周年》《北京奥运漫吟》等等。日新月异的祖国每天都在发生的政治事件离我们个人并不遥远，与我们的生活息息相关，与社会的发展、进步有着千丝万缕的联系。可是要用诗词来精准地描写政治事件反映政治生活十分不容易，诗人余合智先生在这方面不愧为行家里手。如《入党宣誓》：

敬向锤镰一面旗，铮铮八十字如诗。
任凭岁月催人老，铭记握拳宣誓时。

入党宣誓是我们每个共产党员政治生活中一件大事，或许有人宣誓时心中能有诗人的这般感受，但不是每个宣誓人都善于用如此诗笔来表达的。"任凭岁月催人老，铭记握拳宣誓时。"捧读这首小诗你不得不承认其有着极强的艺术感染力。再比如《党章》：

> 党章为我镜，日日正衣冠。
> 勤拂尘污去，赤心坚若磐。

好一个"赤心坚若磐"。以党章为"镜"，不仅能正衣冠，重要的是还能正心。心不蒙尘，才是一个共产党人应有的襟怀。

谈到诗歌的本质，大家对"诗言志""诗缘情"历来是津津乐道之，而对于"诗缘政"则未必引起了足够的重视。

"诗缘政"是唐初孔颖达首次提出的诗学命题。孔颖达认为："风雅之诗，缘政而作。政既不同，诗亦异体。"笔者赞同孔氏观点。现在有些清高的诗人主张不写政治诗，认为诗歌与政治是可以不相干的。试问历朝历代流传下来的诗歌有多少与当时作者所处的时代背景政治环境没有丝毫关联呢？

古今诗人都是不可能生活在真空中的，生活在真空中还能写得出来诗吗？诗人的生活方式和生活内容无一不受着所处时代之政体之政治制度决定。人的世界观很难没有政治观的成分，诗歌"兴观群怨"的社会功能与政治不可割裂。因此，诗歌与政治"嫁接"是诗人不可回避的问题，只是这种"嫁接"需要技巧需要"火候"需要智慧罢了。《一路歌吟》集子中许多与政治有关的成功诗作越来越让我觉得诗歌走进政治生活就是贴近时代的表现。

当然，这本集子里还有很多诗作写得很好。如写路灯："无论晴和雨，街旁站一生。"，写电梯："一心听调遣，升降俱欢颜。"写电冰箱："时时刻刻为防腐，一片冰心度岁光。"写监控器："如君举止放端正，罔顾安装监控多。"咏物写人启人哲思。再如写新农村："岁岁情倾黄土地，乡村处处胜蓬莱。"写乘快艇过长江三峡："今朝从此飞身过，尽把凡人当作仙。"写早行："村头辞别家兄去，黄犬摇铃送我行。"写回乡路："眼前难识回乡路，走走停停问不休。"写农民哥："今日打开微信看，请求加友是阿哥。"这些以小见大反映新农村面貌的诗歌，时代感强清新耐读。

从这个角度而言，笔者愿意多看到像《一路歌吟》这样当代诗人写当代生活的作品问世，而实在不愿去读今人苦心孤诣杜撰而成的"魏晋文章""唐宋诗词"。

2018 年 9 月 18 日于听雨斋

笔下乡愁醇如酒

——读徐新国《故乡行吟》札记

承蒙新国兄厚爱,将其词作一卷寄我赏读。原以为军旅诗人的诗词一如此前零零星星读到他的作品那样,必定也属硬语盘空、跌宕豪放一路。未曾想展卷之余,竟读出了一名军人的铁骨柔情。新国兄笔下缕缕乡愁令人心颤,不由得让人生发出许多感慨来。

在我印象中,新国兄不仅是一名军人,还是一名书法家兼诗人。其酣畅恢宏、磅礴大气的榜书书风任何时候都能给人的心灵带来一种震撼。翻开他几年前出版的书法集《徐新国榜书册》:"寿""福""道""剑""蛇""尚武""风云""山高水长""江山如画""浩然正气""气贯长虹"等一幅幅充溢着阳刚之气的书法作品无不展现出当代军人百折不挠百炼成钢的可贵品质。还有他未收录入册的一百多个"龙"字,或潜或腾或显或隐或飞或盘或游或藏,"百体龙书"将龙的精神彰显得淋漓尽致。当代诗词泰斗周笃文先生曾赞其书曰"笔底龙蛇观气象,胸中韬略走风雷",可谓十分精准。新国兄对自己的"龙"书也非常自得,有词数阕为证:"酒醉书情勃发,笔飞大浪淘沙,风驰电掣布烟霞,骤雨惊龙出罅。跌宕胸中块垒,激扬眼底风华。身居斗室意天涯,欲比云山高下。——《西江月·书"龙"》""欲比云山高下"。读其词视其书念其人，犹见词中有人书中有龙，形神皆备相得益彰。词人书游龙时："腕底露峥嵘，倒海雄风。惊涛骇浪觅蛟踪。整顿天兵严布阵，缚住游龙。"（《浪淘沙·书游龙》）书苍龙时："雷鸣电闪晴空，松涛怒卷层峰。紧握长锋在手，霎时挥就苍龙。"（《清平乐·书苍龙》）酒后书龙是："酒后神思飘动，无缰野马难收。行云如水大江流，墨海滔滔雨骤。"（《西江月·酒后书"龙翔凤翥"随感》）

以前接触新国兄这些书法、诗词时感觉其风格与他浓眉、方正、粗犷、雄姿英发的男儿气质、军人形象相近。直到赏读案头新国兄寄来的一卷故乡行吟词作，才真真切切感受到在他豪放俊朗的外表下藏有一颗细腻、柔软的心。"我自山出世，山因我得名。得名不是我光荣，只为农家子弟证峥嵘。卅载青春梦，终无怨恨情。搏来锦绣好前程，还有文华美誉一声声。——《南歌子·徐家凹》"在中国幅员辽阔的土地上有很多地名是以姓氏命名的，如张家湾、李家槽、赵家岭以及徐家凹等。大凡以某姓氏命名的地方说明某姓氏属于当地名门望族。徐家凹是新国兄出生的地方，山随人姓，可见徐氏一脉在徐家凹亦并非等闲之族。

"我自山出世，山因我得名。"词人以生于斯山而荣幸，斯山因取徐名而骄傲。用语浅近直白，情感含蓄深沉。"得名不是我光荣，只为农家子弟证峥嵘。"山因人得名是为了见证徐氏子孙不朽功业，铭记徐氏子弟峥嵘岁月。全词无典，意脉流畅，有自信有祝愿，富有极强的艺术感染力。

词人青年时离开家乡应征入伍，数十年后再回到童年少年时代生活过的徐家凹，入眸"野岭清明"，盈耳"布谷声声",原来熟悉的老家早已物是人非,"房门久闭,只剩安宁"。好在徐家凹有族房兄弟,有乡醇鲜蒸,那久违的乡音、朴实的亲情让词人在一片乡愁笼罩下还能怡然自得地"白天观日,夜里观星",也是人生一大快事尔。词之煞拍展示出词人豁达的人生态度,给人一种言未尽且意无穷之感。

古往今来,中国传统文人深受儒家文化浸润,青年时代便会离开家乡或云游或宦游或商游,他们追求建功立业亦渴望封妻荫子。中年以后的他们不管在外境遇如何,功成名就也好,失意落魄也罢,对家乡都有一种不可言状的情绪。家乡的一草一木都能给客居他乡的游子带来温馨的慰藉;旧时月色、儿时伙伴时常会来到梦里来到酒边来到笔端,给自己以温暖以力量。这种对家乡的浓浓乡愁、深深眷念,成了许多人一生的精神寄托。以至于他们在终老以后都会向往叶落归根。新国兄深受传统文化的熏陶,对此也不例外,工作之余曾写下了大量的诗词来寻梦自己的家乡。如:"满眼是乡愁,乡愁处处忧。古人云:怕上山头。木落山空风雨骤。春未见,又逢秋。"(《唐多令·秋回徐家凹》)"卅载情如旧,常通塞外声。而今回到旧空庭,看也深情,望也更生情。屈指数年沉溺,往事可难呈。"(《喝火令·回徐家凹》)"世上繁华景,都在岳华巅。徐家凹里名气,自古不沾边。山未高崖一等,水未低洼成渊,更愧绝奇观。"(《水调歌头·有感徐家凹老家》)词人对家乡的一片深情早已融进了血液,词笔撩起乡愁缕缕,回望家山泪眼蒙蒙。

一个人爱恋自己的家乡必定会更深爱自己的亲人。写自己的家乡毫无例外地要写到自己的父母、师尊、亲友、同窗,这些朴实无华的情感跟家乡风物一起构成一个人的精神世界，这样的精神世界深藏着善良、正直、忠诚、无畏这些至高至贵的品质。

每个人都有过这样一种幸福的体验：父母在时，父母在哪里家就在哪里；每个人也都有过这样一种悲痛的经历：当父母离去时，感觉到天要塌了，那种撕心裂肺甚至要追随父母而去的冲动远非笔墨所能形容。新国兄这首《人月圆·回徐家凹有怀双亲》一词给读者带来的就是这样一种特别的共鸣："天天都说回家好，因为有双亲。"每逢佳节，每见华灯，思念父母的情感就像开闸决堤一般。"缤纷"一词词味甚浓，引人联想。"一回村里，山深人静，杜宇惊魂。萧萧寒夜，爹妈不在，心绞如焚。"语言不假雕饰，感情真挚浓烈。虽言浅而情真，确是难得佳构。这首词有一个重要特点，词人用《人月圆》的词牌来抒发对双亲的怀念，是别出心裁的安排。人月圆预示的是团团圆圆、花好月圆，宜写欢乐之事幸福之境。而这首词写的却是"爹妈不在，心绞如焚"悲痛难忍之情。词的上阕虽有"华灯一照"之美景，下阕却是"萧萧寒夜"之凄氛，以乐景衬悲情，巨大的反差足见词人匠心独用的艺术才能，如此谋篇能起到震撼人心的效果，这无疑是此词的成功之处。

通读新国兄怀故乡思亲友一类的词作，发现词人在词中善于营造忧伤、凄美的气氛。如："家乡父老在山中，年年心意重重。淡云孤雁叹飘蓬，愁敛眉峰。"（《画堂春·清明回乡祭祖》）"儿时印象仍憧憧。眼朦胧，影朦胧。追寻老小，个个俱无踪。独有石门垭子在，人寂静，望忡忡。"（《江城子·石门村有怀》）有些文学作品在赏读时不能仅看表面，还要读者透过表面去触摸内在的一些东西。《江城子·石门村有怀》词就是这样的作品。词人在这首词里表面上是怀旧，但有现实的关注隐含于内，为什么会"追寻老小，个个俱无踪"，为什么会"独有石门垭子在，人寂静，望忡忡"呢，这或许是词人在用一种独特的视角以词这种文学形式对当下乡村社会现实所作的一种特殊的记录吧。至于记录的是什么，词人没有明说，留待读者自己去思考。"曾经母校已然亲，印象自清清。手种门前橄榄，如今叶茂青青。"（《朝中措·忆岔河学校》）"往事悠悠忆，彭师最可怜。青年下放到村栏，一辈子波澜。"（《巫山一段云·叹彭有斌师》）词人的这些词作似脱口而出，通俗易懂，难能可贵。还有一些生活气息浓郁的词也令人印象深刻："有请少年师长，赏光小店重逢。千杯不醉乐融融。师生难得见，饮到暮天红。"（《临江仙·回五峰乡请周贤瑜、庹新文教师小酌》）格调本属清新婉约一类，但至"饮到暮天红"一句时犹见词人豪气四溢。

品味新国兄笔下这些词就是品读我们曾经生活过的故乡。这些词作一个共同特点就是情感厚重真挚、语言明白如话、气脉自然流畅，风格沉著，感染力强。"重者，沉著之谓，在气格，不在字句。于梦窗词庶几见之。即其芬菲铿丽之作，中间隽句艳字，莫不有沉挚之思，灏瀚之气，挟之以流转。令人玩索而不能尽，则其中之所存者厚。沉著者，厚之发见乎外者也。"（况周颐《蕙风词话》卷二）所谓"沉著"，就是将深厚的情感用文学艺术形式充分地再现。于此方面，新国兄早已深谙三昧。

诗词作为传统文化，首在继承，贵在创新。创新就是要有自己的风格，或语言或意境或表现手法，如能独树一帜，自然登堂入室。一卷《故乡行吟》，词风纯朴、格调沉郁、语言晓畅，无疑已经形成了新国兄自己的风格。

以上乃一管之见，供新国兄批评指正。

岁次戊戌良月中浣于抱一壶庐

幽默自况　哀而不伤

——略评雷成文先生《秋望》

秋望

西风颠覆大江南，红下深渊紫上岩。
松柏欲秋天不许，垂垂老矣尚青衫。

——载《清江诗词》2017 年第 1 期

《秋望》诗起句不凡，作者以"颠覆"二字状写秋风惊天动地之磅礴气势，炼词新奇大胆，给读者以触目悚然的感觉，西风即秋风。承句"红下深渊紫上岩"极写秋风"颠覆"的结果。欧阳永叔在《秋声赋》中写秋风"草拂之而色变，木遭之而叶脱；其所以摧败零落者，乃其一气之余威。"而与欧阳永叔不同，作者在这首诗中给原本萧瑟栗冽的秋景涂上一抹喜色，江南大地层林尽染，深渊岩端红紫一片。一幅生机勃勃的立体深秋山水图令读者眼前一亮。

诗题《秋望》。深秋季节，作者极目四望。在万类霜天下突然看到几株松柏于万红丛中青翠挺立，笔锋一转"松柏欲秋天不许"，竟转出了人生无限感慨："垂垂老矣尚青衫"。

青翠，难道不好吗？须知松柏在历代文人笔下都是挺拔、坚贞的象征。"岁寒，然后知松柏之后凋也"（《论语·子罕》）岁寒，指寒冷的冬季，引申为恶劣、艰苦的环境。松柏被喻为栋梁之材，经酷暑战严寒饱受艰苦磨砺依然青翠如许不改初心，这是历史公论。然而作者联系到自己的处境，猜测四季长青并非松柏本意，万木红灿的秋天，松柏不是不想"红得发紫"，只是主宰大自然的"天"不允许，才使之终其一生依然一身"青衫"。这个"天"当指自然客观规律。结句"垂垂老矣尚青衫"，以松柏为意象，取逆向思维，寄托志向，寄寓身世，把一腔沧桑情怀诉诸笔端，幽默自况，哀而不伤，不能不说作者手段之高妙。

　　古人云：知人论世。评论一首诗，首先要对作者有基本了解，切忌就诗论诗。如果仅从诗的表象入手，评者对诗的感受与作者写诗本意则有可能相去甚远。作者这首诗写于2016年秋天，作为一个有理想的普通公务员，希望在政治上一展抱负以报效家国苍生，但受诸如年龄等因素影响，眼见提拔重用无望，于是从心底生发出一种"垂垂老矣尚青衫"的沧桑之叹。青衫，古时指学子所穿衣裳，后借指官职卑微之文人。唐制文官八品、九品皆着以青色。白居易"座中泣下谁最多，江州司马青衫湿"是也。

　　纵观全诗，起、承句写景炽烈，转、结句抒情沉郁，无疑是一首好诗。"诗无达诂"，笔者认为"垂垂老矣"过于低沉，如果将这四个字再锤炼一下，传递出一种乐观、向上的精神，可能境界会为之一宽。

雪与中国古典情怀

"长空万里，冻云摧，霎时山川寒彻……"。光阴荏苒，物换星移。在经年复累月，匆匆又匆匆中，时令再一次轮回到冬天。人们像往常一样，不经意间把目光投向苍穹，盼望着晶莹的雪花挟着祥瑞的光芒扑进浪漫情怀。如同要守候一生的情人，又或许是守候一个千年童话，我常常在醒时醉里，在庭院窗前，在柳梢河边，守望着雪的到来。直到有一天，长空万里，终于彤云密布；河流山川，霎时一片清寒。多情的我啊，似乎可以确信：雪，久违了的情人，正朝着我的梦乡轻盈走来。

于是，我梦呓般冥思苦想，今冬之雪啊，我能为你做点什么聊寄我对你刻骨铭心的相思呢？是踏雪赏梅品酒？还是吟诗填词作赋？我都愿意，但又似乎江郎才尽。因为，在悠悠历史文学长河中，雪是风流才子梦中的情人，是墨客骚人笔下的精魂。我的一枝秃笔，纵然借得一管东风，又怎能写得出你那寒凝山河的万般豪气？又怎能描得似你那涤净乾坤的无畏精神？又怎能画得了你那婀娜撩人的千种风情？又怎能摹得像你那润物孕春的风流韵致？

是的，中国是一个诗的国度。上至商周，下延当代，自有诗以来，雪就像明月翠竹寒梅幽兰一样，成了诗家词人争相吟诵的对象。翻开卷帙浩瀚的中国古典诗词，吟雪咏雪的名章俊语如珍珠美玉不可胜数。

　　巧沁兰心，偷粘草甲，东风欲障新暖。漫疑碧瓦难留，信知暮寒犹浅。行天入境，做弄出、轻松纤软。料故园、不卷重帘，误了乍来双燕。　　青未了、柳回白眼，红欲断、杏开素面。旧游忆著山阴，后盟遂妨上苑。寒炉重熨，便放漫春衫针线。怕凤靴挑菜归来，万一灞桥相见。（史达祖《东风第一枝》）。

好一个"巧沁兰心，偷黏草甲，东风欲障新暖"，在史达祖的笔下，因为上天的恩赐，春天"凤靴挑菜"的踏青时节，还能遇到如此轻盈美妙的春雪，简直让人惊喜莫名。

　　九衢中，杯逐马，带随车。问谁解，爱惜琼华。何如竹外，静听窣窣蟹行沙。自怜是，海山关，种玉人家。　　纷如斗，娇如舞，才整整，又斜斜。要图画，还我渔蓑。冻吟应笑，羔几无分谩煎茶。起来极目，向弥茫，数尽归鸦。（辛弃疾《上西平》）。

"琼华、种玉；纷如斗，娇如舞，才整整，又斜斜"，跟辛词《水调歌头》、《念奴娇》一样，辛弃疾这阕《上西平》在写观雪时，运用白描手法把雪的神态描绘到了极致。还有苏轼《江城子》，高适《别董大》，辛弃疾《满江红》、《苏武慢》、《永遇乐》，白居易《问刘十九》、柳宗元《江雪》，李白《北风行》，毛泽东《沁园春》等等，写冬雪，写雪中送客，写梅雪，写竹外疏雪，写江雪，写雪里红炉煮酒，写怒雪，写北雪西风塞上。雪，这个四季轮回化而重生的精灵，本是严冬最为萧瑟肃杀之景，但在诗家词人的笔下处处洋溢生机。

雪，缘何能成为中国古典诗词吟咏的意象且经久不衰呢？这在浩如烟海的诗词文章里面已经有了答案。雪能给人以无畏的精神和盖世的豪情："梅花欢喜漫天雪，冻死苍蝇未足奇"（毛泽东《七律·冬云》）；雪能普降祥瑞兆启丰年："丰年好大雪，珍珠如土金如铁"（曹雪芹《红楼梦》）；雪能托松柏高洁以喻人坚贞："渊冰厚三尺，素雪覆千里。我心如松柏，君情复何似？"（南北朝《子夜四时歌》）；雪里送友人于悲壮前行中满怀深情："千里黄云白日曛，北风吹雁雪纷纷。莫愁前路无知己，天下谁人不识君。"（高适《别董大》）。雪还能佐酒："绿蚁新醅酒，红泥小火炉。晚来天欲雪，能饮一杯无。"（白居易《问刘十九》）；雪还能吟诗："有梅无雪不精神，有雪无诗俗了人。日暮诗成天又雪，与梅并作十分春。"（卢梅坡《雪梅》）。

正是因为千古骚人不吝浓墨重彩，从不同的角度赋予雪缤纷姿态，故中国文学殿堂里吟雪咏雪的诗句词章俯拾即是。咏雪即咏物，何为咏物？《列子·黄帝》云："凡有貌象声色者，皆物也。"是故咏雪即咏物。然而，"咏物诗最难工，太切题则粘皮带骨，不切题则捕风捉影，须在不即不离之间"（清·钱泳《履园丛话》）；宋代张炎也认为："诗难于咏物，词为尤难"（《词源》卷下），张炎进一步解释说："体认稍真，则拘而不畅；摹写差远，则晦而不明。"所以说，在诗词曲赋里，雪作为一个写得很多的意象，无论律绝曲赋、小令长调，要将雪写得形神兼备，情态可掬，实属不易。

在众多有关雪的诗词华章里，雪态何若？如晶盐？像柳絮？似梨花？这些形态可谓古人写滥得那里去了。

雪以盐喻。鹅毛大雪纷飞的某天，东晋谢安于温酒赏雪之余，雅兴大发，问座中诸人："飘飘大雪何所似？"侄子谢明接口吟道："撒盐空中差可拟。"岂料谢道韫马上示以微哂："未若柳絮因风起。"后来有人说，谢明才气不及"咏絮才"谢道韫，言下之意，雪如柳絮而不像盐巴。其实不然，宋代大词人苏轼就有一阕词《江神子》，词中以水晶盐来喻雪，写得十二分的雅致：

> 黄昏犹自雨纤纤，晓开帘，玉平檐。江阔天低，无处认青帘。独坐闲吟谁伴我？呵冻手，捻衰髯。使君留客醉恹恹，水晶盐，为谁甜？手把梅花，东望忆陶潜。雪似古人人似雪，虽可爱，有人嫌。

"水晶盐，为谁甜？手把梅花，东望忆陶潜。雪似古人人似雪，虽可爱，有人嫌。"水晶盐般的雪，虽然不甜不咸，但还是很可爱的。即使可爱，也并非人人都喜欢你啊，还是有人嫌着呢！苏轼自己就是一个既有人喜欢又讨人嫌的文人政客。词中"有人嫌"究竟是指陶渊明，还是词人自况，只有词人自己知道。

把雪比作柳絮。除有"长空万里彤云作，迤逦祥光遍斋阁。未教柳絮舞千球，先使梅花开数萼"的咏雪诗外，黄庭坚词《踏莎行》也将雪比为柳絮：

> 堆积琼花，铺陈柳絮，晓来已没行人路。长空尤未绽彤云，飘飖尚逐回风舞。　对景衔杯，迎风索句，回头却笑无言语。为何终日未成吟？前山尚有青青处。

一夜北风，词人醒来，路上已被大雪覆盖不能行走。只见满地琼花堆积，长空万里，纷纷扬扬的大雪，犹如颠狂柳絮一般"飘飖尚逐回风舞"。词人对景索句而不得，自问"为何终日未成吟？"自答"前山尚有青青处"，原来是雪还下得不够大的缘故。

至于以梨花来写雪，则是诗家词人常用的手法了。"北风卷地白草折，胡天八月即飞雪。忽如一夜春风来，千树万树梨花开。"（岑参《白雪歌送武判官归京》）看，明明是凛冽的北风肆意呼啸，在诗人的笔下，却成了和煦的春风；满山遍野的雪花，化作千树万树竞相开放的梨花，让人分不清究竟是梨花还是雪花。再如李清照诗"行人舞袖拂梨花"，也是以梨花写雪的佳句。其实，词人常常在一阕词中，同时用柳絮和梨花来写雪，也能收到意想不到的效果：

> 万里彤云密布，长空琼色交加，飞如柳絮落泥沙。前村归去路，舞袖拂梨花。　此际堪描何处景？江湖小艇渔家，旋斟香醑过年华。披蓑乘远兴，顶笠过溪沙。（晁叔用《临江仙》）

"长空琼色交加，飞如柳絮落泥沙"；"前村归去路，舞袖拂梨花"。妙，原本是一场萧索而静谧的冬景，由于行人舞袖欲拂沾衣"梨花"，立马使画面鲜活起来。这既是一阕词，也是一幅生动的生活画，可谓是景语也是情语也。

在古典诗词中，喻雪，不论是晶盐、柳絮，还是梨花，都是从雪中、雪后着笔，写的是雪的形态。在众多的咏雪题材中，有一阕词写雪意，即写雪要下不下时的情态。这阕词，就是宋代词人王沂孙的《无闷·雪意》：

> 阴积龙荒，寒度雁门，西北高楼独倚。怅短景无多，乱山如此。欲唤飞琼起舞，怕搅碎、纷纷银河水。冻云一片，藏花护玉，未教轻坠。　清致，悄无似。有照水一枝，已搀春意。误几度凭栏，莫愁凝涕。应是梨花梦好，未肯放、东风来人世。待翠管、吹破苍茫，看取玉壶天地。

该词开篇五句交待地点、人物、时间，词人独自一人伫立在西北龙城的某高楼上凭栏远眺。短景，指冬季，冬季的日子很短。一个"怅"字，描绘了词人盼雪的心里状态。尽管龙城的阴云越积越重，寒流也到了雁门关的上空，但雪依然没有降下来。为什么呢？词人大胆猜测雪未降下的原因，是因为玉帝本来想让王母娘娘的侍女许飞琼翩翩起舞的，但又怕飞琼曼妙的舞姿搅碎了银河，让银河之水飞泻直下，奔流不回。所以啊，"冻云一片，藏花护玉，未教轻坠"，只好让冰冻的云块凝成一片，把玉一般的雪花深深掩藏在中间，不教它轻易坠落。

下片，一句"清致，悄无似"，极写雪的风度。雪那清高的风致啊，没有什么能够与之相比，你究竟要怎样才能纷纷扬扬，走出天庭走出你的闺房呢？因为雪未下，水边那一枝早已蘸满春意的梅花也就只能含苞待放了。"有梅无雪不精神"（卢梅坡《雪梅》），没有精神的梅花怎能绽放清香担任迎接春天的使者呢？雪未降，梅不开，喜欢春天的莫愁美人儿，也就只有"几度凭栏"，凝涕痴等了。

词人写到这里，仿佛雪意似有似无了。不行，雪未降，盼春不到的美人，那一眼哀怨，足以让词人心疼不已。可能雪花没有像梨花般的怒放，是因为东风不肯来到人世间吧。也罢，"待翠管、吹破苍茫，看取玉壶天地"，词人掏出玉笛，要像李凭用箜篌"石破天惊逗秋雨"（李贺《李凭箜篌引》）一样吹破这苍茫沉寂的宇宙。读到这里，我耳边突然传来嘹亮激越的笛声，眼前倾刻白茫茫一片，天地之间早已是一个银光四射的琉璃世界了。词到此戛然而止，回味却久久无穷。

古人拿雪来写诗填词，一般都与寒梅、翠竹、青松、友人、春天和美酒联系在一起，抒发的都是一种美好的情感和一种愉悦的情态。很少有人从反面来写雪的，唯有南宋江西人陈郁（宋理宗时充东宫讲堂掌书）有一首《念奴娇·咏雪》是借雪来讽刺南宋宰相贾似道玩弄权术、欺世盗名的：

没巴没鼻，霎时间，做出漫天漫地。不论高低与上下，平白都教一例。鼓弄滕六，招摇巽二，直恁张威势。识他不破，至今道是祥瑞。　　最是鹅鸭池边，三更半夜，误了吴元济。东郭先生都不管，关上门儿稳睡。一夜东风，三竿红日，万事随流水。东皇笑道：山河元是我的。

"没巴没鼻，霎时间，做出漫天漫地。不论高低与上下，平白都教一例。"词用生动口语起笔，表达对权势的一种蔑视。雪啊，没巴没鼻，无根无由，霎时间就漫天漫地的大发淫威，让天上地下"平白都教一例"。令人遗憾的是，雪神滕六风神巽二摇唇鼓舌、招摇撞骗，却没人能够识破。到今天，还有人认为"瑞雪兆丰年"，称这是祥瑞的征兆："识他不破，至今道是祥瑞。"词人表面上写雪，实则讽刺奸相贾似道欺上瞒下，玩弄权术。因为权倾朝野，盛极一时，所以一些阴暗卑鄙的伎俩，不被人所察觉罢了。

"最是鹅鸭池边，三更半夜，误了吴元济。"词人下阕用唐朝蔡州节度使吴元济的典故，隐含对奸臣弄权误国的嘲弄，提醒世人不要管他。阴谋诡计虽能蒙骗一时，但不能蒙骗一世。像雪一样，无论好大的雪，太阳一出来，雪就化而无痕了。"东皇笑道：山河元是我的。"东皇，太阳神。好一句"东皇笑道：山河元是我的。"词人最后的结句充满着无穷的乐观主义精神，是难能可贵的。

在关于雪的诗词佳什里，随手都可以采撷很多优美的句子，如：孤舟蓑笠翁，独钓寒江雪。（柳宗元《江雪》）；青海长云暗雪山，孤城遥望玉门关。（王昌龄《从军行七首 其四》）；欲渡黄河冰塞川，将登太行雪满山。（李白《行路难》）；窗含西岭千秋雪，门泊东吴万里船。（杜甫《绝句》）；窗外正风雪，拥炉开酒缸。何如钓船雨，篷底睡秋江。（杜牧《独酌》）；墙角数枝梅，凌寒独自开。遥知不是雪，为有暗香来。（王安石《梅花》）等。这些都无一例外的成了亘古名句。在众多的诗词作品里，我除了很喜欢前面介绍的王沂孙的《无闷》外，再就是极其欣赏伟人毛泽东《沁园春·雪》了：

> 北国风光，千里冰封，万里雪飘。望长城内外，惟余莽莽；大河上下，顿失滔滔。山舞银蛇，原驰蜡象，欲与天公试比高。须晴日，看红装素裹，分外妖娆。　江山如此多娇，引无数英雄竞折腰。惜秦皇汉武，略输文采；唐宗宋祖，稍逊风骚。一代天骄，成吉思汗，只识弯弓射大雕。俱往矣，数风流人物，还看今朝。

《沁园春·雪》写于1936年2月。是年，正是中国工农红军第一方面军经过二万五千里长征，胜利到达吴起镇的第二年。2月6日，陕北大雪纷飞，整个西北高原瑞雪覆盖，黄河上下寒冻冰封。毛泽东走出清涧县的袁家沟，看到雄浑壮观的北国雪景，联想到中国的未来，不由豪情万丈，诗兴大发，急忙回到住处，伏案疾书，一气呵成，写下了这阕千古绝唱《沁园春·雪》。

当时这阕词写了也就写了，并未引起人们的注意。直到1945年秋，毛泽东到重庆谈判，才经柳亚子索句而使该词公之于世。

《沁园春·雪》确是好词，甫一横空出世，旋即在重庆的文坛政坛引起震动。词作上片写景："北国风光，千里冰封，万里雪飘。"雪的磅礴气势立即让人感到眼界开阔，心胸跌宕。可以想像，伟人毛泽东站在冰天雪地，黄河岸边仰天吟诵的傲岸身姿，大有李白见到黄河时那种："君不见，黄河之水天上来，奔流到海不复回"的万丈豪情。更有甚者，吟诵之间，那"红装素裹，分外妖娆"的祖国河山尽收眼底。"故寂然凝虑，思接千载；悄焉动容，视通万里；吟咏之间，吐纳珠玉之声；眉睫之前，卷舒风云之色。"（刘勰《文心雕龙·神思》），在这些"珠玉"之前，在这些"风云"之间，你能说不美吗？你能不受到强烈的感染吗？你能不爱上这宏伟壮丽的大好河山吗？词的下片，伟人纵论古今，直抒胸臆。于歇拍处高唱出："俱往矣，数风流人物，还看今朝。"毛泽东爱雪，熟悉其诗词的人都知道，毛泽东写有大量关于雪的诗句，雪在伟人笔下顾盼生姿。

　　据资料记载《沁园春·雪》于 1945 年 11 月 14 日在重庆发表后，蒋介石授意国民党的文人在当地报刊连续发表和词近 30 首，攻击毛泽东有帝王思想。再加上陈毅及一些进步人士发表的和词，一时形成了《沁园春》热，这不能不说在中国的文学史上是一大奇观。

收拾光芒到影珠

——访词家周笃文先生

影珠，山名，位于湖南长沙与汨罗交界之地，系著名诗词家、教授周笃文先生的故里。先生定居京华，其书房取名"影珠书屋"。"书屋"，本身彰显儒雅之意，名冠"影珠"，不仅含有主人眷恋故乡之深情，同时也更显书屋主人的志趣与高格，"影珠书屋"让人想到主人字如珠玑、文似锦绣、满腹华章的大家风范。

辛卯清夏，准确地说是阳历6月17日，我到北京全国政协礼堂参加由诗国社举办的第二届全国诗词创作与发展论坛时，受到先生邀请作客影珠书屋，聆听一代大儒的教诲，内心引为平生之幸事。

说实在的，此次到京参加全国诗词创作与发展论坛，其志不在荣誉。出发之前，就想借此机会登门求教周笃文先生。但想到已年届77岁高龄的先生每天还要给人民日报、《中华辞赋》杂志等数家报刊赐稿，特别是先生主编的皇皇巨著《全宋词评注》刚刚付梓，其繁忙劳累程度可想而知。虽不忍心打扰，但千里赴京，怎肯失去"瞻韩"之机遇？ 于是冒昧给先生发了一条短信，大意是"想登门求教，如蒙不弃，不胜感谢"。没想到不安中等来了先生的的回信："这几天的确有些忙乱，然可小坐片刻。"

忆起与先生的相识,还得感谢恩施州诗词楹联学会的诗家刘礼鹏先生,2010 年春,十六位中华诗词名家到恩施采风,先生是其中之一。期间,组织者安排名家讲座,刘礼鹏先生专门通知了我。说来惭愧,作为恩施州诗词楹联学会的会员,由于工作原因,学会活动很少参加。这次我去听了讲座,感觉如沐春风。先生是专门致力于研究韵文学和宋词的,凭着对词浓厚的兴趣,我怀揣拙作叩开了先生下榻的宾馆房间。没有多少寒暄,先生认真地看了看我的词,对其中几首给予了一些积极的评价,拙作能得到当今诗词界一代宗师的肯定,倍受鼓励。后来,我拜读了先生在恩施采风的诗词大作,写了一首词,手机短信呈先生雅正:

燕送东风万里遥,更将春色动情豪。京腔赋就中华韵,壮我诗魂腾碧霄。　游胜景,宕心潮。喷虹吐玉彩云飘。笔摇星斗施州落,化作清江滚滚涛。

（《鹧鸪天·施州初逢词家周笃文先生》）

遥想自去岁与先生恩施一别,已一年有余,中途电话短信联系了几次,终未能尽殷殷之意。6 月 17 日,我给诗国社社长王海峰先生请了下午的会假。便从石景山区出发,乘公交到北京西站后,怀着虔诚的心情,徒步穿行几条大街,找到了先生位于马连道街口的影珠书屋,敲门时,先生亲自开门,瞬间映入我眼帘的是先生满头银发,一双睿智的眼睛深含笑意:"是清安小友吧,快来书房里坐。"说着,领着我从客厅直接走进影珠书屋。

影珠书屋，名副其实。书案临窗而设，两壁书橱卷帙浩瀚，另一墙上挂着名人的字画，字画下面摆放一张闲榻，榻有凉簟，供先生休息时用。书屋中间置一茶几，几与茶具浑然一体，古色古香，诗意盎然。

　　先生将香茗添满，随意地就聊到了诗词，从欣赏到创作，从风格到流派，字字珠玉，不疾不徐，仿佛来自天外之音。我捧着香茗，听先生论道，茗香、书香，诗词更香。

　　"历史上的诗人词家，唐李杜，宋苏辛自不必说了。三国时的曹操是一位很有成就的大诗人，后来到了晋代，沉寂了的诗坛终于有了一位了不起的陶渊明，这是中国诗歌史上的庆幸。"先生很健谈，从汉赋开始一直讲到明清诗坛，纵横点评历史上的诗词名家，信口道来，如数家珍："……到了近现代，有谁堪称第一，想来想去，这个位子还是给了毛泽东"。先生谈诗论词的时候，神采奕奕，满口生香。

　　"你们恩施现在不错，正在大兴旅游业。旅游与文化分不开，你们那儿要打黄山谷的牌，黄山谷是宋代的一位大诗人，在你们恩施留有诗作，对恩施来说是一笔宝贵的财富"。没想到先生对我的家乡还那样了解，在这之前，我也读到过先生写的关于黄庭坚在恩施的一篇类似考证的文章，可惜当地政府没有先生那样独到的眼光。先生呷了一口茶，间或谈起了自己的一些苦难经历，我想，谈这些的目的在于鞭策我吧。当谈到先生的师长夏承焘时，先生露出敬慕的神情："你现在学词，要多读夏承焘老先生的词作，学习他老人家的语言、思想和写作技巧"。说着说着，先生情不自禁的就吟了起来：

　　　　忆昔富春江上饮，座中多少婵娟。共经行地未荒寒。灯窗和笔案，分占此江天。　　忽有闲愁花谢后，枯肠芒角森然。不须苦苦劝觥船。便教真醉了，无分似当年。

　　不愧为一代词宗，夏承焘这阕《临江仙》果然是天生好语言，只需听一遍，便了然于心。先生吟完，指着墙壁上挂着的一幅书法对我说，这是当年夏老为我手书的一首《玉楼春》词：

　　　　归来枕席余其彩，龙喷鲸口呈百态。欲招千载汉唐人，共俯一城歌吹海。　　天心月胁行无碍，一夜神游周九塞。明朝虹背和翁吟，应有风雷生謦欬。

　　先生笑道："夏老在天安门观礼归来飞机上作的。缩千秋于一瞬，纳万象于毫端，自古词林，无此境界。"说完先生又指着旁边一幅题有小诗的梅花图说："这是张伯驹先生在我最困难的时候为我作的，你看后面两句，小桃已向东风嫁，画树梅花唤作妻，别有一番滋味。"
　　北京的盛夏，风吹热浪。窗外阳骄尘燥，屋内景象清幽。只听先生或吟或唱或歌或叹，虽身居斗室，却俨然一个气象万千的世界。时光静静地流逝，恍然间，我要向先生辞行了。临别之际，先生拿出一本《影珠书屋吟稿》送给我，不无幽默道："秀才人情一张纸！"我双手接过先生手中的书，但也深知道，这岂是"一张纸"啊，这是沉甸甸的财富，是先生心血的结晶，是花钱买不来的精神食粮。

我走时，先生起身相送，我让先生留步，先生执意把我送出门外。我回头看看隐于闹市的影珠书屋，想起了先生的一首诗：

> 小亭湖畔领清幽，收拾光芒到此楼。
> 莫谓萧斋容膝地，曾惊雷雨震环球。
>
> ——《越中吟草》之七

我想，用这首诗来形容先生的影珠书屋，丝毫不过：影珠书屋自清幽，收拾光芒到此楼，莫谓雅斋容膝地，诗风词雨润环球。是的，光芒尽在影珠书屋。先生作为原中国新闻学院教授、中外文化研究所所长，从事古典文学及文献学教学研究四十余载，是中华诗词学会和中国韵文学会的创始人。著有《宋词》、《宋百家词选》、《金元明清词选》、《豪放词》、《婉约词》；还主编有《中外文化辞典》、《全宋词评注》，可谓著作等身。现在先生除了治学，还担任中华诗词学会的顾问、中国碑赋工程院副院长、《中华辞赋》杂志社副社长，可谓老骥伏枥，令我辈高山仰止。我别无他求，只期望先生身体康健，佳作纷呈。

2011年6月18日写于北京中础宾馆

历下当歌

"历下流泉听韵,诗家胜似王侯。高贤名士宴陶楼,放抱清讴。"此乃笔者的急就章《画堂春》半阕。

岁在甲午,三月初七,"泉城"济南。鸢飞鱼跃,游人熙熙,流泉咕嘟,春光泄泄。诗词家杂志社同仁与济南名士雅集陶然楼,把酒侑诗,追先贤之遗风,畅今人之文怀,其乐也陶陶,其情也融融。

济南自古多名胜。泉水、垂杨、荷花作为济南的名片自不必说了。趵突泉、大明湖、清照祠、稼轩祠、超然楼、白雪楼、华不注、千佛山、曾堤等等,无一不富有深厚的历史人文底蕴。济南自古多名士。杜甫有诗:"海右此亭古,历下名士多。"除了李清照、辛稼轩、张养浩、李攀龙、王士祯等名宿巨擘生长于斯外,为官的客居的路过的:李白、杜甫、曾巩、蒲松林、舒舍予、季羡林等等,可谓群星璀璨,文采飞扬。

济南能成为历史文化名城者,不独因甲天下之自然山水,亦幸得雄才巨卿之煌煌文字也。历代文人对济南的咏叹,琳琅满目,蔚为大观。诚然,若无山水之胜概,亦必无传世之华章。若无传世之华章,济南山水又岂能名动寰宇历千年而不衰!名士亦名胜,名胜亦名士。济南的名胜和名士是何等的幸运啊!

"春暖花开迎远客,陶然清韵赋新声。""春日放歌须纵酒,诗人兴会更无前。"雅集是日,酒香花媚,群贤传杯,诗兴大发,吴开晋、孙国章、谢雅会、侯龙飞等名家学者出口成诵。诗人李炳锋感慨:"春天,连蝴蝶都恋爱了,我们没有道理不热爱生活。"是的,热爱生活是诗人的天性。而诗人雅集,歌颂春天,书写盛世华章是每一个诗人的使命。

"先有历下县,后有济南府","历下当歌"雅集盛会,名副实也。

2014 年 4 月 8 日于济南

一蓑烟雨任平生

借出差机会，顺便到苏轼的故乡四川眉山拜谒了"三苏祠"。

"三苏祠"因合祭苏洵、苏轼、苏辙"一门三学士"而名动天下。祠堂大门悬挂着一副很是惹眼的对联："北宋高文名父子，南州胜迹古祠堂。"绕祠行遍，走走停停，虽难尽窥堂奥，好在可以近距离感受"苏门三父子"的文脉才气，也算聊有慰藉，且行且珍惜吧。

苏轼的一生，其诗其文其书其画的巨大成就，罕有人敌。然其世路巉岩、跌宕起伏的宦海生涯，于历代士大夫中也极为少见。苏轼应当说很有政治抱负，无论何地为官，自身境遇怎样，都倾心民生民瘼。他赞同朝廷修订法度以兴利除弊。他个性鲜明而不结党同流。他对"新党"某些变法有异见，认为不接地气，"强奸"民意。他对"旧党"全盘否定新法，大为反感。"乌台诗案"，苏轼九死一生，后一贬黄州再贬惠州三贬儋州，最终客死被赦免返乡的路上，其个人命运成了新旧两党互相倾轧的政治牺牲品。苏轼去世前，看到李龙眠画的东坡造像时，悲从中来，题诗一首："心似已灰之木，身如不系之舟。问汝平生功业，黄州惠州儋州。"这诗既是绝命诗，也是自悼诗，更是他悲情一生的总括。好在他宏博的思想给了他坚强的意志，他在《定风波》词中吟道："莫听穿林打叶声,何妨吟啸且徐行。竹杖芒鞋轻胜马,谁怕?一蓑烟雨任平生。"

今天重读苏轼,更加深了他是中国文学史上一座丰碑的认识。苏轼的仕途际遇,反而成就了他受世人景仰的文学地位,成就了他独行特立的人格魅力。自"熙宁变法"始,苏轼既不见容于元丰,也不得志于元祐,更悲摧于绍圣。然而,我们应该感谢历史的厚爱,苏轼之于宋代,不过少了一个高官显宦,却使中国历史长河中多了一个文化巨人。"熙宁""元丰"也好,"元祐""绍圣"也罢,只是《现代汉语词典》所附《纪年表》里的一些名词而已。而苏轼却芒鞋竹杖永远地"嘚""嘚"行走在中国文化江山中。

侍游札记

周笃文先生元旦期间莅临恩施，我有幸侍游在侧，亲承教诲，受益良多。

先生一代词宗，满腹经纶，一身正气，夙所钦仰。六年前，我不揣冒昧，携一沓词稿登门拜访。先生看后说了很多勉励的话，至今铭感肺腑。次年六月，我专程前往先生在京影珠书屋求教，得先生青眼有加，忝为弟子之列，亲承薰沐五载，获教甚深。此次先生恩施一行，我与几位同道陪同游览黄鹤桥、朝阳观等景区。先生年愈八旬，满头银发，登山临水，神采奕奕。一路谈笑风生，名章妙句，俯仰即拾。经行处，诗词唱和凡四十五首之多。

先生谈其诗词观，特别推崇文天祥《正气歌》所昭示的浩然正气。并认为它是我们民族精神的脊梁，是先贤安身立命的根基。先生认为古人"为天地立心，为生民立命，为往圣继绝学，为万世开太平"所言，就是华夏正气的最高理想。先贤所谓"养天地正气，法古今完人"即其践行之目标。在民族危难关头，它是克敌制胜的利器。在和平建设年代，它是强国安民的法宝。讲到这里，先生已登至黄鹤桥半山，即兴吟到：拾级登高豁远眸，高楼长伴紫云浮。鄂西英物如风发，乐业兴邦奋未休。

是夜，先生回到下榻处。我趁机请教读书心得，先生提笔为我开了一笺必读书目"处方",有《骈文类编》、《佩文韵府》、《十三经注疏》、《史记》、《汉书》、《后汉书》、《三国志》、《唐诗别裁》、《唐宋名家词选》、《宋词三百首》、《唐宋词格律》、《夏承焘词选》、《张伯驹词选》、《近三百年名家词选》、《老子》、《庄子》、《文心雕龙》、《世说新语》、《九歌》、《离骚》、《九章》、《三曹诗选》、《昭明文选》、《古文观止》、《经史百家杂抄》、《古文辞类纂》、《冯友兰中国哲学简史》、《王阳明传习录》、《康熙字典》、《四库全书总目提要》、《书目答问》、《资治通鉴》等涵盖经史子集范围计四十多部。

古人云:读书破万卷。我想,人生有限,而知无涯。真正读破万卷书有几人欤?我也不必读万卷书,能把先生开的四十多部书单读完就很不错了。

诗在哪里

　　静谧的山城从沉睡中醒来，清江水面飘着一层薄雾。湿润的空气恣意拂过脸颊，落眼点点新绿，盈耳声声鸟语。这个诗意的周末，诗在哪里？

　　诗在城里。钢筋水泥的丛林间，昏暗失眠的街灯下有诗。车站码头的喧嚣里，熙来攘往的脚步中有诗。

　　诗在城里。香茗美酒，爱情事业是诗。家国苍生，快意恩仇是诗。商海得失，仕途荣辱是诗。

　　诗在乡下。农家热情的柴火旁，村姑纯朴的笑靥边有诗，寒门学子的双眸里，幸福新娘的酒窝中有诗。

　　诗在乡下。烧喉的老酒，缠绵的情歌是诗，水田里的蛙鼓，林深处的鸟鸣是诗。暮归的黄牛，斜散的炊烟是诗。笑东风的桃花，觅旧檐的燕子是诗。汩汩的溪泉是诗，静静的山峦是诗。

　　有时我在想，城里的诗是不是沉郁顿挫，乡下的诗是不是清新脱俗。

　　诗在诗人的眼里。年前不见雪，感慨"漫云节候已深冬，暖气破泥融。万水千山踏遍，何时得觅卿踪。瑶台阆苑，藏花护蕊，不见芳容。待我横吹翠管，只求片玉乘风。"（《朝中措·与雪不遇》）年后去乡下，巧遇"轻盈似蝶，陌上纷纷雪。种玉山田虫害灭，笑看游人滑跌。知君家在仙宫，年

年管领春风。甲午三冬不遇,落梅径里相逢。"(《清平乐·春雪》)

诗在诗人的心中。诗家周笃文先生有诗:"小窗飘瑞雪,老钵绽山茶。绿梅溪畔放新花。呀,多少清闲暇。羊年好,春浩荡,乐无涯。"(《金字经·迎春曲》)好一个"羊年好,春浩荡,乐无涯。"每每读来心中不免阵阵激情。

诗在哪里?诗在心里。大自然处处有诗,世间无事无物不可入诗。诗心在哪里,诗就在哪里。

江山还要文心养

江山胜景所以令人神往无非两个因素：一是独特而神奇的自然风光；二是悠久丰厚的文化底蕴。丁酉仲冬，汨罗江畔影珠书屋揭牌时，蔡世平先生现场赠我一副书法："江山还要文心养"，引起我的共鸣。

自古以来，江山胜景是大自然赐予我们的财富。除了人类赖以生存的空气、阳光、水分、粮食等必需物质外，还给我们以奇花异草、秀水明山之感官愉悦。如果我们在仰观吐曜俯察含章欣赏自然美景的同时，把一腔情怀付诸笔端，发言为诗为文，让自然风光与诗文合璧，既是山川之幸，更是人类文明之幸。

像曹操之于观沧海，大海仅有烟波浩渺的客观景象是不够的，还要有"秋风萧瑟，洪波涌起"的诗句来表现它；王勃之于滕王阁，只需一句"落霞与孤鹜齐飞，秋水共长天一色"就足令阁序辉映千古流传；李白之于金陵凤凰台，凤凰台虽很难找到完整古迹了，但"三山半落青天外，二水中分白鹭洲"却永远留给后人以无穷想像；王之涣之于鹳雀楼，崔颢之于黄鹤楼，杜甫之于泰山，欧阳修之于醉翁亭，毛泽东之于娄山关等。娄山关原本一座普通的山，就因为毛泽东一句"苍山如海，残阳如血"的神来意象，从此娄山关就仿佛有了灵魂一般，让多少英雄豪杰、骚人墨客梦中神往。

相比自然风光而言，文化的生命力是恒久的，它比任何天地造化、能工巧匠、鬼斧神工的设施都要恒远。风雨、战火、自然变迁足可以令山河消亡，但文化不会消亡；即便是人类消亡了，人类创造的文化也不会消亡，还会在宇宙间散发出神性的光芒，或许新的物种取代人类后还会将这些文化视为冥冥中神的谕示。由此可见，文化如同浩瀚之水，虽无形，然其渗透浸融的力量无可比拟。

江山还要文心养！因为有数千年华夏文明，中国作为一个伟大的国度，不独有名闻天下的胜景，更有丰厚灿烂的人文。

有一种书信堪称经典

　　古时交通信息不畅，书信承载了太多期许和温情，因此也就有了很多诗意别称，如尺牍、尺一、尺素、鱼书、雁札、鱼雁等。"与人尺牍，主皆臧去以为荣"是也；"尺一东来唤我归，衰年已迫故山期"是也；"驿寄梅花，鱼传尺素"亦是也。

　　而今一机在手，足令天地一瞬，万里咫尺。键盘时代，手机、电脑"蹦"出字儿来很干净也好认。再者少了邮路驿程，收信人无"等待"之煎熬，亦鲜有"如晤"之喜悦。虽则如此，真正的文化名流仍然喜欢笔墨"伺候"。

　　话说周公笃文与沈鹏老，素来交情深厚，过从甚密。丁酉暑月，周公祖居新筑请鹏老题"影珠书屋"匾额，二老鸿来雁往堪称经典，兹摘录于后。

　　周公函曰：鹏老砚席：去岁返乡扫墓，承父老不弃倡于祖居布政塘旧址为构庐舍一椽，以为休憩讲习之所。历时十月，顷已竣功。竹木扶疏，陂塘错列，流萤泛夜，鸥鹭时翔，扶杖逍遥，颇宜怡老。唯匾额未就，有宝塔无顶之憾，环顾斯世，爱我庇我，莫公若也，因是恳求赐题"影珠书屋"四字墨宝，以光庐舍而增色名山，忝在交末，百拜求之。顺颂、暑安，愚弟周笃文顿首。

　　啧啧！"竹木扶疏，陂塘错列，流萤泛夜，鸥鹭时翔，扶杖逍遥，颇宜怡老。"寥寥数语已是美不胜收，"唯匾额未就，有宝塔无顶之憾……恳求赐题'影珠书屋'四字墨宝，以光庐舍而增色名山"，其谦恭之姿亦非大儒者不能有也。

旬余，周公收到鹏老回函及题有"影珠书屋"墨宝一幅。回函曰：笃文兄，来信收悉，文墨俱美，令人羡慕。王维辋川别业与陶渊明归去来辞境界相合，在你耄年实现了。嘱题匾，试笔多次始成，但愿你喜欢便是。"屋"字用笔有飞白处，制作时在不失原意基础上，有经验的匠人会略加调整。立秋已过，酷热达到高潮。盼多保重。即颂、时绥。

鹏老书艺超绝，文辞精美。周公沈老，待人至诚如见心肺，真知己也！

一诗人一高峰

戊戌十月，第二届中国诗词家高峰论坛在恩施市林博园召开时，有人问我五十人参加的论坛可否称之为高峰，我回答可以。窃以为，是不是高峰论坛并不在于参会人数而在于论坛主题是否能够引人共鸣，是否足够高端前沿，是否具有可供大家研讨的价值。

当然，高峰论坛还在于出席人员的社会知名度和行业代表性。与会这次论坛的有胡迎建、褚宝增、陈仁德、巴晓芳、尚墨等诸位先生以及来自社会各界创作颇丰的诗人代表，这样的论坛可称高峰了吧。

这次高峰论坛围绕"论诗歌的时代性"交流研讨，既高屋建瓴又接地气，令人很受教益。更难得的是论坛不设主席台不摆桌签不排位次。与会者就一个身份：诗人。平等相亲、沟通理性，让人如沐春风。

写诗不是一个职业，诗人也不是一个职称。自古及今那些声名显赫的诗人不过是在工作劳动之余以诗来抒发自己悲喜情怀罢了。即使诗仙诗圣诗豪诗佛诗魔等荣誉称号也与其官职高低薪水多少没有关系。有人说"诗人"的称谓是一顶炫人眼目的桂冠，我倒不觉得。真正的诗人从来不自认写诗是何等的了不起；真正的诗人不论自身地位多高境遇怎样，追求的是经天纬地之事业，是"为天地立心，为生民立命，为往圣继绝学，为万世开太平"的儒家理想。对他们而言，写诗不过是一个人的爱好或者习惯而已。正因此，真正的诗人写诗与名利无关，不装腔作势，写出来的诗歌才有可能成为诗的高峰。

真正的诗人不妄自尊大。无论你有多著名，你的作品也会有几首甚至几十首难入他人法眼。真正的诗人不妄自菲薄。也许你不经意间就留下了惊天泣地的诗句，即使仅此一首哪怕只有两句亦足矣。

生于天地间的诗人如同伫立于自然中的山峰。每一座山峰都有自己的高峰，而每一位诗人其日臻成熟的诗作也都应该是属于自己的高峰。一诗人一高峰。